La superficie más honda

La superficie más honda

EMILIANO MONGE

LITERATURA RANDOM HOUSE

Esta obra literaria se realizó con apoyo del Fondo Nacional para la Cultura y las Artes,
a través del Sistema Nacional de Creadores de Arte.

La superficie más honda

Primera edición: enero, 2017

D. R. © 2016, Emiliano Monge
Casanovas & Lynch Agencia literaria, S. L.

Muntaner, 340, 2° 1ª, 08021, Barcelona

D. R. © 2017, derechos de edición mundiales en lengua castellana:
Penguin Random House Grupo Editorial, S. A. de C. V.
Blvd. Miguel de Cervantes Saavedra núm. 301, 1er piso,
colonia Granada, delegación Miguel Hidalgo, C. P. 11520,
Ciudad de México

www.megustaleer.com.mx

ISBN: 978-607-314-981-5

Impreso en México – *Printed in Mexico*

El papel utilizado para la impresión de este libro ha sido fabricado a partir de madera procedente
de bosques y plantaciones gestionadas con los más altos estándares ambientales, garantizando
una explotación de los recursos sostenible con el medio ambiente y beneficiosa para las personas.

Penguin
Random House
Grupo Editorial

Para Cecilia y Lucas

Alguien que estaba ahí sobrando

Alguien más le dijo, probablemente el revisor: *la suya es la única maleta, nadie quiere ir hoy a Alquila, no hay manera en que se pierda.* Pero Hernández insistió en llevarla arriba: *me gusta ver mis cosas.*

En el andén, Hernández se comió unas galletas, compró una botella de agua y se fumó, ansioso, dos o tres cigarros. Luego abrieron las puertas del autobús y entró desbocado, como si hubiera más gente esperando.

Necesito traerla junto, le explicó al chofer en la pequeña escalera, alzando su maleta: *traigo aquí mis medicinas.* Sin voltearlo a ver, el chofer del autobús asintió con la cabeza pero apretó el volante entre sus manos.

Hombre de supersticiones, Padilla temía que algo le pasara a su camión si hablaba antes de marcharse, igual que temía que algo le pasara a su pasaje. Por eso nunca decía nada hasta llegar a las montañas.

Para entonces, Hernández se había adueñado de una línea de asientos, empotrando su maleta en el pasillo. Le emocionaba ser el único viajero que aquel día hubiera tomado el autobús rumbo a Alquila.

No entorpezca el pasillo, solicitó Padilla saliendo de una curva. Sorprendido, Hernández irguió el cuerpo, buscó los ojos del chofer en el espejo que comunicaba ambas cabinas y sonriendo preguntó: *¿está diciéndomelo en serio?*

Es peligroso para el resto del pasaje, respondió Padilla, observando él también a Hernández. *Las reglas son las reglas,* añadió callándose el motivo de su orden: si dejaba que invadieran el pasillo sufrirían un accidente; en el mejor caso, un retraso.

Señalando los asientos que había en torno suyo, Hernández se dispuso a defenderse pero el chofer, experto en estas discusiones, encendió la radio, subió el volumen y retiró sus ojos del espejo. Meneando la cabeza, Hernández decidió no hacerle caso y recostarse nuevamente.

Minutos después, con el chofer vuelto una furia, Hernández sacó el mapa que guardaba en un bolsillo de su saco: se lo había mandado ella por correo. Emocionado, lo desdobló con cuidado y lo estuvo contemplando un largo rato. Finalmente estaba yendo a verla.

Hernández conoció a Romina tres semanas antes, en una fiesta de la facultad de arquitectura que por poco termina con ellos dos metidos en la cama. *Me encantaría verte en Alquila,* le dijo ella, sin embargo, ante el portal de su edificio: *cuando tú quieras, por supuesto.*

Desde entonces, Hernández no había pensado en otra cosa. A sus veinte años, era el único de sus amigos que seguía siendo virgen. Y Romina la única opción real que él tenía para olvidar esa palabra que lo había martirizado tanto tiempo.

Por eso los nervios amenazaban con no dejarlo descansar durante el viaje, un viaje que, para colmo, duraría la noche entera. *¿Y si me vengo antes de tiempo?,* se torturaba Hernández en silencio: *¿si no aguanto ni un minuto, si me vengo apenas ver cómo se encuera?*

Doblando el mapa y guardándolo de nuevo, Hernández alcanzó su maleta, sacó de ésta una bolsita y revisó que no faltara ni una compra: cuatro paquetes de condones: *a ver cuántos echan a perder mis putos nervios;* una caja de viagra: *por si tengo que imponerme al ridículo,* y las pastillas que le habían recomendado, otro cliente en la farmacia, para dormir durante el viaje.

Aunque la caja de somníferos decía que dos bastaban, Hernández, que para entonces ya no era capaz de echar de su cabeza la forma de Romina ni el miedo a que su propio cuerpo le fallara, decidió tomar cuatro tabletas. *Al fin que quedan muchas horas,* murmuró y dándole un trago a su botella volvió a recostarse, suplicando que el efecto fuera inmediato.

En ese mismo instante, el chofer hizo bajar las diez pantallas que habían permanecido escondidas y la voz de una azafata sonó a todo volumen. *Me estás buscando,* soltó Hernández dando un brinco y subiendo el tono añadió: *¡no quiero verla!* Pero Padilla fingió no escuchar nada y apenas terminar el comercial de la línea que pagaba su salario subió al máximo el volumen que emergía de las bocinas.

Tapándose los oídos y apretando la quijada, Hernández admitió lo absurdo de aquella situación en la que estaba, se levantó dando un salto, apresuró su andar por el pasillo y llegó hasta Padilla: *¿por favor, podría quitarla? Le prometo que no hay nadie que esté viendo la película,* sumó instantes después, esbozando una sonrisa que de honesta no tenía ni medio pliegue.

No se puede, respondió Padilla tras dejar pasar, él también, un breve instante: *son las reglas. Y ya vi que usted no las respeta, pero yo las sigo a rajatabla,* agregó el chofer volviendo el rostro y observando a Hernández fijamente, cuya sonrisa se había erosionado, remató: *regrésese a su asiento, aquí no puede estar parado. Está prohibido.*

Aguantándose las ganas de insultarlo, Hernández se tragó su frustración, dio media vuelta, empezó a desandar el pasillo que recién había cruzado y en voz baja preguntó: *¿podría aunque sea bajarle un poquitito? No se puede,* repitió Padilla acelerando, convencido de que así igual y caería su pasajero sobre el suelo: *ni un poquito más ni un poquito menos, nos obliga el reglamento.*

Manteniendo el equilibrio, apurando su avanzar y sonriendo nuevamente, esta vez más de impotencia que de burla, Hernández sacudió la cabeza con coraje, masticó un par de palabras que ni él mismo entendió y humillado alcanzó sus cuatro asientos. Por fortuna, pensó, empezaba a sentir la somnolencia que las pastillas dispersaban por su cuerpo.

Así que muy pronto ni el ruido ni aún menos la luz que vomitaban las pantallas ni tampoco los frenazos y arrancones que siguió dando Padilla parecieron importarle a la consciencia de Hernández, quien apenas recostarse se entregó a la nada negra.

Tan profundo durmió Hernández, tan desconectado, que no volvió a saber de sí ni del planeta hasta no estar en Alquila. Cuando Padilla, que se había esforzado por hacer de su trayecto un calvario, lo sacudió del brazo aseverando: *ándale, cabrón, que ya llegamos.*

Párate, que no me toca estarte despertando, insistió Padilla empujando las piernas de Hernández con la suela del zapato: *tampoco tengo que esperarte. O te bajas o te bajo,* amenazó el chofer pateando a Hernández nuevamente, quien, tras sentir el golpe de sus talones contra el suelo terminó de espabilarse: *órale pues, que ya te oí. Ahorita bajo.*

Secándose la baba que escurría por su barbilla y sobándose el rostro con las palmas de las manos, Hernández irguió el cuerpo, se puso en pie aceptando que seguía un tanto mareado, desempotró su maleta como pudo y echó a andar tras el chofer, que en voz baja iba diciendo: *ojalá y te trate este lugar como mereces.*

En la calle, combatiendo el mareo que las pastillas olvidaran en su cuerpo, Hernández volvió a tallarse el rostro, sacudió de nuevo la cabeza y contempló el sitio al que recién había llegado. Justo estaba amaneciendo y no podía creer que Alquila fuera aún más feo que en las fotos de Romina.

Instantes después alguien le dijo, quizás el chofer que tomaría el autobús que había traído Padilla, hacia dónde dirigirse para llegar hasta la plaza: *pero a qué va a ese sitio, no hay nada que ver en esa parte.* Sin atender las últimas palabras del extraño, Hernández echó a andar y pronto dejó atrás las seis o siete cuadras que mediaban entre él y su destino. En torno suyo, la luz se fue adueñando del espacio.

No son horas de llamarla, se dijo Hernández en la plaza, y en voz baja, dejándose caer sobre una banca y abrazando su mochila, insistió: *es muy temprano y vaya a ser que la despierte. Peor aún, que los despierte ahora a sus padres,* murmuró engañándose a sí mismo: lo que en verdad le estaba sucediendo era que habían vuelto los nervios a agarrarle todo el cuerpo: *¿qué chingados le diré cuando conteste?*

Mejor no voy a llamarla. Qué si ya ni quiere… si ya se ha arrepentido, soltó observando el ajetreo que empezó de pronto en la plaza, donde la gente apresuraba sus andares de un lado a otro. Alzando el rostro y observando el sol aparecer tras la torre de la iglesia color verde, Hernández añadió, elevando el tono y permitiendo que su propia ambivalencia se mostrara: *¿qué chingados estoy pensando… cómo no voy a llamarla?*

¿Por qué iba a arrepentirse?, exclamó elevando aún más el tono y levantándose de un salto: *me lo habría dicho desde antes. Pero antes me como algo, que se haga un poco más tarde,* añadió echando a andar sobre la plaza, en busca de un lugar donde poder desayunar, sin darse cuenta de que aquello no era más que otro pretexto y sin tampoco darse cuenta de lo extraña que era aquella prisa con que andaban las personas a su lado.

Alguien le dijo entonces, tal vez el señor del puesto de revistas, que no existía mejor lugar que el restorán de doña Eumelia: *ése que está del otro lado, donde también está la papelera. Pero apúrese que no le va a dar tiempo. No creo que vaya a estar abierto mucho rato,* sumó el periodiquero pero Hernández había echado a andar y no escuchó esta advertencia.

Apenas entrar al sitio que le habían recomendado, Hernández sonrió pensando que habría, sin planearlo, de resolver allí un par de problemas: comer algo, ganando así un poco de tiempo, y comprar de a una el papel con el que habría de envolverle a Romina su regalo. *Si al final se arrepiente, con el regalo igual y cede,* pensó ordenando unos huevos. Luego se sentó observando, en la vitrina que ocupaba el otro lado del local, los rollos de papel para envoltorio.

Fue uno azul el que al final hizo que Hernández se parara, se acercara al mostrador y le hablara a la encargada, cuya atención yacía petrificada en una tele: *¿me vendería un metro de éste? No se puede,* respondió la dependienta, prima hermana y sobrina de doña Eumelia al mismo tiempo, sin mirar apenas a Hernández: *estos papeles son para los niños.*

Además estoy mirando las noticias. Y usted no es de estas partes, no me gusta comerciar con los de fuera, se enteró la vendedora, sin dejar de ver la tele un solo instante. *Para los niños, qué cagada,* soltó Hernández sonriendo: *los de fuera... deme pues un metro de éste. No se puede, ya le dije,* repitió molesta la encargada, volviendo por primera vez a Hernández su semblante.

¿Y si traigo un niño a que lo compre?, preguntó Hernández entonces, volviendo el rostro hacia la plaza, sonriendo incrédulo y buscando el sentido oculto de aquella situación en la que estaba. *¿Lo usaría usted o el niño?,* inquirió la dependienta acercándose al mostrador pero regresando la mirada hacia la tele, donde el conductor del noticiero local advertía: *será otro día complicado. Es para mí, no para un niño, se lo decía nomás de broma,* explicó Hernández: *necesito envolver.*

Pues no me esté insistiendo entonces, mentiroso, interrumpió la papelera a Hernández: *llegan de fuera y traen sus malos modos,* añadió la mujer dándose la vuelta y regresando a su asiento remató: *no le voy a vender nada.* Incapaz de molestarse a pesar de la incredulidad, Hernández pensó en insistir pero la dependienta volvió a pararse de su silla, regresó apurada al mostrador, lo ahuyentó con un leve movimiento de las manos, asomó la cabeza y dirigiéndose a la parte del local que era restaurante exclamó: *otra vez están viniendo.*

Derrotado, Hernández echó a andar hacia su mesa, donde doña Eumelia servía justo los huevos que ya no habrían de ser comidos. *Están diciendo que ahora mismo,* lanzó la papelera a espaldas de Hernández, quien justo entonces observó cómo doña Eumelia avanzaba un par de pasos, se paraba bajo el marco de la puerta y paseaba su mirada por la calle: *más bien ya otra vez llegaron.*

En un par de segundos, la dependienta y doña Eumelia bajaron la cortina del local que compartían, apagaron las luces interiores, se acercaron apuradas a Hernández, lo tomaron de los brazos, le dijeron, con sus voces vueltas coro: *lo sentimos pero no puedes quedarte,* lo arrastraron sin violencia a la trastienda y lo lanzaron a la calle.

Alguien le dijo a Hernández, quizás uno de los hombres que corría en sentido opuesto al de la plaza: *¿qué estás haciendo ahí parado?* Y alguien más sumó después: *córrele que están ellos viniendo... se bajaron y andan revisando en todas partes.*

Incapaz de comprender qué estaba sucediendo, Hernández echó a correr tras los hombres que recién le habían hablado y que apuraban a unos metros sus escapes. Un par de cuadras después escuchó las primeras explosiones y el estallar de las metrallas. El miedo encogió sus entrañas, amenazó paralizarlo e hizo crujir sus juntas ateridas de repente.

Romina, pensó Hernández, sin dejar de apresurar el ritmo de su marcha: *tengo que llamarla,* añadió para sí mismo, sacando su teléfono en medio de la calle y escondiéndose después en un portal se dispuso a marcar pero alguien, quizás una mujer que iba corriendo con dos niños en los brazos, le dijo: *no te canses... ellos cortan el servicio.*

Completamente extraviado, Hernández guardó su teléfono, sacó el mapa en el que Romina también le había escrito su dirección y echó a correr enfebrecido, escuchando, aún así, los disparos y estallidos cada vez más cerca. Un par de pasos por delante de su cuerpo, la mujer tropezó con una grieta, cayó al suelo de boca y sus dos hijos rodaron por el suelo.

Ayudándola a pararse, echándose a uno de los niños a los brazos y corriendo como nunca había corrido antes,

Hernández preguntó a la mujer si no sabía cómo llegar de ahí a Arteaga 17. *Tienes suerte… estamos cerca… da la vuelta aquí nomás y síguete derecho… cinco… no… deben ser como unas cuatro cuadras.* O acompáñame y me ayudas con mi niño… en mi casa puedes esconderte.

Lo siento… de verdad, soltó Hernández deteniéndose un segundo, observando a la mujer y dejando al pequeño sobre el suelo: era incapaz de imaginar que esa decisión que estaba tomando justo ahí, sin dudarlo ni siquiera demasiado, podría terminar siendo la decisión más importante de su vida. Pero él quería llegar a casa de Romina. Y en la distancia se seguían acercando las metrallas y explosiones.

Doblando en la calle que la mujer le había indicado, Hernández apuró sus piernas más allá de lo posible y a pesar de que su pecho amenazaba con partirse encontró fuerzas donde no había ni siquiera sospechado que tuviera. Así fue como llegó a la casa que buscaba, cuya puerta aporreó desesperado, gritando una y otra vez el nombre de Romina.

Pero del otro lado de la puerta no se oyó ninguna voz que preguntara, dijera algo o tan siquiera murmurara. La familia de Romina yacía escondida en el baño de su casa. Y aunque escuchaban el escándalo de Hernández, antes habían oído también las advertencias del jefe de familia: *no quiero escucharlos… ni siquiera quiero oírlos que respiran.*

No sabemos quiénes son los que hoy vinieron, los que andan en la calle, había añadido el padre de Romina, observando fijamente a su hija, quien se echó a llorar en silencio y quien al oír a Hernández a lo lejos fue sumiendo de a poco la cabeza entre los brazos. *Si supiéramos al menos si son ellos,* susurró entonces el jefe de familia: *pero esta vez no lo sabemos, no podemos arriesgarnos.*

Cuando finalmente aceptó que no abrirían la puerta que pateaba y que aporreaba con los puños apretados, Hernández recordó a la mujer y a los dos niños que dejara abandonados. Tan perdido como ansioso, echó a correr encima de sus pasos pero alguien le gritó, tal vez la mujer que había subido hasta su techo: *al otro lado... mejor corre al otro lado... por allá están viniendo.*

Antes de que Hernández procesara esta advertencia, estalló en algún lugar el llanto de otro hombre y en la esquina aparecieron los que hacían correr a todo el pueblo. Dándose la vuelta, Hernández puso a andar sus pies en sentido contrario pero de golpe se detuvo: también en esa esquina estaban ellos.

Paralizado, sintiendo cómo su vejiga amenazaba su aguante, Hernández esperó a que aquellos hombres se acercaran al lugar donde él estaba. Cuando finalmente llegaron, quiso decir algo pero alguien más volvió a adelantarse a sus palabras: quizás el hombre que después partió su boca en dos con la culata de su arma.

Antes de que sus ojos se cerraran y su consciencia se entregara a la nada nuevamente, Hernández vio alejarse a ese hombre que recién lo había castigado y luego oyó las risotadas de dos niños pequeños, quienes también venían armados.

Aferrándose al mundo con un delgado hilo de asombro, Hernández alcanzó a escuchar la voz de una mujer que ordenaba: *súbanlo con todo y esas cosas... no debe ser de aquí del pueblo.*

Hernández ya no supo cómo lo arrastraron, cómo lo amarraron de los pies y de las manos ni cómo lo aventaron dentro de una camioneta.

Volvió en sí dos horas más tarde, cuando alguien, quizás alguno de los niños que se habían reído antes, le echó encima un cubetazo. Pero cuando por fin abrió los ojos no había nadie enfrente suyo.

Ante Hernández había sólo un tiradero: habían vaciado su maleta en el solar donde él estaba. Alzando la mirada, contempló el sol un breve instante y sintió que el cuerpo entero le escocía. Así descubrió que no traía su camiseta, que le habían quitado los zapatos y que le ardían las muñecas y los tobillos.

Un par de minutos más tarde, la mujer que había ordenado traerlo apareció en el solar. Escupiendo las semillas de una mandarina, brincó la ropa, se inclinó ante Hernández y en voz baja murmuró: *tú no eres de estas partes.* Luego se colocó tras él y utilizando una navaja cortó las cuerdas que lo ataban.

Párate y sígueme allá dentro, ordenó y fue así, escuchando otra vez aquella voz, que Hernández comprendió que aquel hablar le recordaba a otra persona o que ese hablar lo había escuchado antes. *Quizá sea esa mujer que,* pensó Hernández: *no… más bien habla idéntico a Romina. O a su madre.*

Antes de que pudiera dar más vueltas a esa tontería, ese absurdo al que intentaba aferrarse para no pensar en otra cosa, para no estar donde estaba, Hernández se encontró dentro de un cuarto. Además de él y la mujer a quien seguía, allí lo estaban esperando una docena de adultos y unos tres o cuatro niños.

Un nuevo golpe impactó a Hernández en la boca del estómago y doblando las rodillas cayó al suelo. Arañando la tierra, intentó recuperar el aire que recién había perdido, tragarse luego la saliva que escurría entre sus labios y secar después sus ojos empapados. En torno a él revoloteaban varias risas.

Alguien dijo, quizás el hombre que hacía de jefe en aquel oscuro cuarto: *así que vienes a cogerte a nuestras viejas.* Sorprendido y aterrado, Hernández pensó, sin saber por qué lo hacía ni tratar tampoco de explicárselo a sí mismo, que esa voz que ahora le hablaba ya también la conocía, ya también la había escuchado.

Quizá sea la de ese hombre que me dio antes en la calle, se dijo Hernández escuchando cómo iban callándose, una detrás de otra, aquellas carcajadas que en torno a él revoloteaban: *no… es el chofer… el que me trajo… o no… es el padre de Romina,* insistió en su mutismo: *lo he escuchado en el teléfono.*

¡Te estoy hablando, hijo de puta!, gritó la voz y esta vez, en lugar de golpear a Hernández, el hombre alzó su rostro y blandiendo ante sus ojos varios paquetes de condones y una caja de viagra repitió: *¿vienes o no vienes a cogerte a nuestras niñas?*

Antes de que Hernández atinara a decir algo, el hombre le dio un par de cachetadas: *¡pues cómo ves que no se puede! ¡Aquí tenemos otras reglas!,* añadió repitiendo su castigo, esta vez con las dos manos vueltas puños: *¡aquí somos nosotros los que todo lo mandamos!*

¿Y sabes qué mando ahora?, preguntó el hombre alejando al fin el rostro de Hernández y observando al resto de presentes: *que alguien pida ser primero.*

Alguien, entonces, quizás el que había amarrado a Hernández, se adelantó al resto de las voces.

Y los que estaban ahí sobrando fueron dejando de a una el cuarto.

Testigos de su fracaso

I

Empezó al año siguiente de nuestra última mudanza. Días antes de la primera navidad que celebramos en la casa treinta y nueve de la calle San Felipe.

Los años anteriores, aquellos que yo empezaba poco a poco a convertir en un recuerdo, habían sido un peregrinar interminable: cada tantos meses nos mudábamos de casa, de colonia y de ciudad. Mis hermanos y yo gozábamos con aquel extraño nomadismo. No teníamos ni idea de qué estábamos haciendo.

Como dije, días antes de aquella navidad sonó el teléfono. Debían ser las siete de la noche, porque aún seguía oscureciendo. Papá alzó la bocina, dijo *bueno* y al instante se sumió en un silencio extraño. Sus ojos y los aspavientos que hizo con los brazos pusieron a temblar las piernas de mamá, que se llevó una mano al cuello.

Yo me acerqué porque intuí que algo pasaba. Mamá, sin embargo, me ordenó que no los molestara y luego, con la mano que no apretaba su garganta, me pidió que me alejara. Pero en vez de irme me encogí en un rincón y ahí, deseando volverme invisible, me contagié del nerviosismo de mis padres.

Varios minutos después, papá dejó el auricular junto al teléfono, con un movimiento lentísimo y sin decir una palabra. Luego avanzó, como flotando, hacia mamá. Y al llegar a ella le acercó el rostro al oído. Justo en ese instante me descubrió en mi rincón, ovillado.

Papá quiso sonreírme pero no pudo. Me dedicó una mueca que no hizo si no aserrarme las entrañas. Después tomó a mamá de la cintura, la arrastró hacia el jardín y salieron azotando la puerta tras de sí. Afuera, la noche ya había terminado de posarse.

Aunque mi primer impulso fue asomarme a una ventana, permanecí encogido en mi rincón varios minutos, viendo sin mirarla la alfombra azul marino, el sillón café oscuro, la mesita de madera y el teléfono que había quedado descolgado encima de ésta.

Tengo que asomarme, saber qué está pasando, me repetí en silencio una y otra vez pero mi cuerpo no deseaba hacerme caso. Y no lo hizo hasta que entraron en la sala mis hermanos: les llevo dos años y medio y son gemelos.

Recuerdo que los dos venían llorando, discutiendo quién había ganado el control de la tele. No recuerdo, en cambio, cómo fue que de repente mamá y papá estaban de nuevo en la sala, haciendo de jueces y tranquilizando a mis hermanos. Ni recuerdo tampoco qué fue lo que pasó en las horas ni en los días siguientes.

La segunda y la tercera navidades que pasamos en la casa de la calle San Felipe —construida en un terreno que dividía unos baldíos tomados por migrantes oaxaqueños de una vieja estación de policía— los sucesos se repitieron tal cual los he narrado.

Como si los nómadas nos hubiéramos convertido un día en actores: al caer la noche sonaba el teléfono, papá alzaba la bocina y se quedaba escuchando mientras mamá se le acercaba nerviosa y yo me hacía invisible en mi rincón. Entonces salían ellos al jardín y yo luchaba con mis miedos por volver a tener cuerpo y por cambiar el guión de la obra.

Un guión que finalmente sí cambió pero cambió por mis hermanos: fueron ellos los que un día no quisieron esperar a que mamá y papá volvieran. Abrieron la puerta del jardín, salieron a buscarlos y yo no tuve más opción que ir tras ellos. Por eso recuerdo que papá estaba gritando, que mamá no dejaba de hacer aspavientos y que los dos parecían haber llorado.

Y por eso también comprendo ahora el recuerdo de aquel que el primer año se escapó de mi memoria: cuando volvimos a la casa, papá y mamá sacaron varias cajas de cartón y nos dijeron *desenreden estas luces,* mientras ellos clausuraban las ventanas y las puertas de la casa.

Cuando acabamos de extender todas las series sobre el suelo, nos ordenaron colocar en cada esfera su ganchito de aluminio, mientras papá subía a su cuarto y mamá iba a la cocina, donde en silencio clausuró otras dos ventanas y una puerta: la del patio en que papá ensayaba sus disparos con las ratas.

Obedientes, los gemelos se pusieron a embocar una tras otra las esferas. Yo, en cambio, dejé los ganchos en la alfombra, volteé a ver la escalera y sentí cómo ésta me llamaba. Subí los peldaños apurado, sin hacer un solo ruido y sin que nadie me observara.

Arriba, en el pasillo apenumbrado —papá no encendía nunca las luces— mis pasos perdieron convicción y me quedé otra vez inmóvil. Aunque no vi lo que hacía, los ecos de metales que emergían de su cuarto me eran familiares. Así que al escuchar que el silencio regresaba, supe que él iba a salir y me obligué a dar media vuelta y a volver con mis hermanos.

Instantes después papá bajó las escaleras, se paró en el centro de la sala, observó los candados que colgaban en las puertas y ventanas y sonriéndonos nos dijo *hoy no va a pasarnos nada*. El bulto en su cintura y el temblor que aleteaba en sus palabras me impidieron creerle aunque no impidieron que una cierta calma me embargara. Quizá por eso no recuerdo qué pasó ese año.

Fue hasta un par de navidades más tarde, cuando las palabras que papá había vuelto lema navideño: *hoy no va a pasarnos nada*, terminaron por quebrarse en el aire y fueron suplantadas por un silencio espeso, que en mi memoria se fijaron los recuerdos que le habían sido vedados.

Durante la quinta navidad que pasamos en la casa de la calle San Felipe —a espaldas de la cual corría un río de aguas negras y se oxidaban unas vías de tren abandonadas— papá bajó de su cuarto, emergió de la escalera igual que siempre y así cruzó la sala. Pero en lugar de detenerse y hablarnos siguió andando y se pegó a una ventana.

Sentado en la alfombra de la sala, fingí embocar esferas y después fingí ayudar a mis hermanos con el árbol. No podía, aún así, más que mirarlo, parado allí en la ventana. Mirarlo y escucharlo. Porque al tiempo que su cuerpo se tensaba, papá narraba cada contingencia en voz bajita: *ha caído un ave al suelo... se ha fundido otra farola... ha empezado una tormenta.*

Mirarlo y escucharlo: *prendió su luz una patrulla... hay una sombra allá en la barda... nunca había visto este viento.* Y de pronto, también, por vez primera, preguntarle, aunque en silencio: *¿por qué tienes que alzarlo... por qué no dejar que suene y suene... por qué no aunque sea un año?*

II

Como si aquellas preguntas que me había hecho se hubieran quedado a vivir entre nosotros, durante la sexta navidad que celebramos en la casa de la calle San Felipe —propiedad de una alemana que había escapado del país justo antes de ser arrestada— papá declaró *hoy no voy a contestarle.*

Las horas siguientes, como era de esperarse, por primera vez fueron distintas: adelantamos el ritual del árbol y jugamos toda la tarde un juego de mesa. Yo, aún así, estaba seguro de que, llegado el momento, papá no se atrevería a serle fiel a sus palabras.

Cuando el teléfono sonó papá insistió en lo suyo, apretando los puños. Intuyendo que mamá estaba por pararse y dirigirse hacia el teléfono, clavó en ella la mirada y ordenó *tampoco quiero que contestes... que no conteste nadie esa llamada.*

En total, fueron cuatro las veces que marcaron a la casa de la calle San Felipe. Pero como no sabíamos cuánto insistirían todos esperamos la quinta llamada. Lo único que había entre nosotros era un espeso silencio. Un silencio que papá, parado otra vez en su ventana, destrozó aseverando: *si quiere hablar tendrá hoy que presentarse.*

Tampoco quiero que se queden a mi lado… que todos tengamos que esperarlo, soltó papá una hora más tarde, mientras mamá jugaba a las cartas conmigo y mis hermanos. *¿Qué quieres decir?,* preguntó mamá parándose de un salto: *¿que me los lleve de esta casa?*

Con saltos felinos mamá cruzó la sala aseverando *nadie va a irse de este sitio* y así alcanzó el lugar donde papá estaba parado. Entonces, en voz baja, intercambiaron unas palabras que solo ellos conocieron y nuestra navidad fue dividida en dos espacios, conectados por la vieja escalera de la casa.

Arriba, nosotros y mamá hicimos de su cama nuestra mesa navideña. Y ante ésta yo volví a sumergirme en mi silencio: *no has subido porque quieres sorprendernos… debes estar disfrazándote para traernos los regalos.*

Pero abajo, sin despegarse de la que era su ventana, papá aguardaba el arribo de ese hombre que llegaría en cualquier momento al mismo tiempo que pensaba en su pasado. Un pasado del que yo no sabría nada hasta después de varios años, cuando mamá hiciera su último intento por hablarme de esos hombres que él usó para salvarse.

Aunque aquella navidad se hizo aún más larga que las otras navidades que pasamos en la casa de la calle San Felipe, hacia la madrugada mamá, los gemelos y yo mismo nos fuimos quedando dormidos. Ninguno alcanzó a ver la luz del día, que debió encontrar a papá aún parado en su ventana: otra vez había esperado en vano.

Cuando la luz del sol lo encendió todo, papá debió haber dado media vuelta, después debió cruzar la sala, luego pensó seguramente en sentarse un momento en el sillón y sin quererlo se quedó allí dormido. Lo sé porque fue ahí donde lo hallé cuando bajé corriendo la escalera.

Sin hacer un solo ruido y deseando pesar lo que un fantasma, me subí al sillón donde papá estaba durmiendo. Había decidido ser yo quien velara ahora sus sueños. Aunque me daba miedo despertarlo, no me pude resistir y poco a poco fui acercándome a su cuerpo, hasta sentir en mi costado izquierdo el calor que desprendía.

La mañana, lo recuerdo muy bien, olía a madera ahumada y hierbas muertas. Aunque quizás era la casa de la calle San Felipe, cuyo mobiliario parecía haber sido sacado de una cabaña de montaña, la que siempre olía de esa manera. O tal vez era sólo la mesita donde estaba el teléfono la que emanaba aquel aroma. Esa mesita que no podía dejar de ver mientras pensaba: *por favor que no vuelva a llamarnos.*

Por favor que ya no llame nunca, rogué en silencio todo ese año, cada vez que mis ojos tropezaban con la mesa o el teléfono marrón que encima suyo amenazaba. *Que no nos llame nunca y que jamás venga a buscarte:* mi súplica fue volviéndose más y más asidua conforme el año iba tragándose sus días.

En diciembre no me era posible ya pensar en otra cosa. Cada noche, tras quedarse dormidos los gemelos, yo mantenía el vilo y hora tras hora rogaba porque el sueño retornara a mi cuerpo. Entonces contaba las hebras de luz que se metían por la ventana, contemplaba las partículas de polvo suspendidas en el aire o ponía nombres a las sombras que reinaban en mi cuarto.

Pero lo único que al final hacía que me durmiera era repetir una y otra vez mi ruego, con tal convicción que creía posible transformarlo en un conjuro: *no vas a llamarnos... no vas a venir aquí a buscarlo... no vas a llamarnos... no vas a venir aquí a buscarlo.*

No vas a llamarnos... cuando por fin llegó la navidad, dieron las siete y cinco de la noche y el teléfono permanecía sumido en el silencio. *No vas a venir aquí a buscarlo...* fingiendo que jugaba yo con los gemelos no hacía otra cosa que lanzarle al mundo mi conjuro.

Quizá se le haya ido la hora, dijo papá cuando eran ya las siete y cuarto, apoyando la cabeza en el respaldo del sillón y dejando que sus brazos y sus piernas se volvieran unos trapos. *O tal vez le pasó algo,* soltó después de otros quince minutos, esbozando una sonrisa apenas perceptible. Yo, en cambio, sonreí sin fingimientos y me entregué de nuevo a mi conjuro.

Media hora después papá volvió a tensar el cuerpo e irguiéndose soltó *o tal vez no va a llamarme... como no le contesté no va a llamarme... va a venir aquí a buscarme... finalmente llego el día.* Quise acercarme a su lado, decirle *no nos puede pasar nada... ya me encargué yo de eso.* Pero él volvió el rostro hacia mamá y le ordenó *súbelos al cuarto.*

Justo antes de ingresar en la escalera lo vi pararse con un salto y, subiendo los peldaños, arrastrado por las manos de mamá, alcancé a observar, entre los gruesos barrotes de madera, cómo su semblante demudaba en un segundo. Y cómo hacían después lo mismo sus palabras: *o tal vez no va a venir aquí esta noche... tal vez no va a venir ni va a llamar porque así llama y viene siempre.*

III

Encerrados en su cuarto, mamá intentaba convencernos de que no pasaba nada. Pero todos escuchábamos la voz descontrolada de papá en la distancia: *así tan sólo vivo su amenaza… así soy sólo lo que le hice… no vendrá él a buscarme… hoy no va a pasarnos nada.*

¡Hoy no va a pasarnos nada… nada, pues, además de esto!, entró papá gritando frenético y la habitación se convirtió en otras tierras. Unas tierras donde él era el extranjero: ni su voz ni su semblante ni la forma de moverse de aquel hombre eran la voz o el semblante o la forma de moverse del papá que habíamos dejado abajo hacía un momento.

Vamos todos allá abajo que hoy no va a pasarnos nada, celebró papá dando de gritos y señalándose el cráneo con las manos insistió *nada pues que vaya a ser mucho peor que esto.* Mientras papá empezaba a reírse y empujaba a los gemelos al pasillo, mamá cubrió su rostro y echó a andar a la ventana.

Por mi parte, cerré los ojos un instante y al abrirlos caminé sobre los pasos de papá y los gemelos, abandonando para siempre mi conjuro y diciéndome en silencio: *será este año el que aparezca… él vendrá hoy mismo a buscarlo…*

Antes aún de que alcanzáramos la escalera, mamá gritó *una luz… hay una luz sobre la barda.* Aunque a mí no me sorprendió escuchar aquella alerta, papá volvió a mudar de golpe su semblante y abandonándonos a mí y a los gemelos corrió apurado hacia su cuarto.

¿En qué barda… cómo que una luz sobre la barda?, preguntaba dando de gritos. Entonces sonó el timbre de

la casa. Y tras un instante de silencio que alcanzó para que yo y los gemelos regresáramos al cuarto, el viejo timbre repitió su amenaza y la voz de papá expuso *¡quédense todos aquí arriba... cierren la puerta con llave!*

Tras echarle llave a la puerta, mamá corrió hacia la ventana y entreabrió apenas las cortinas, que asustada había cerrado al observar aquellas luces en la barda. Silenciosos, mis hermanos y yo también nos acercamos y a través del vidrio vimos a papá ir hacia la entrada.

Pronto todos escuchamos cómo preguntaba *¿quién está allá afuera?* Y cómo, tras no obtener respuesta, insistía a voz en cuello *¿quién chingados está afuera?* Pero otra vez, tras sus palabras, no hubo nada que no fuera el silencio. Desesperado, papá empezó a dar vueltas frente a la puerta, fue después hacia el jardín, recorrió una y otra vez la barda y al final volvió a la casa.

Una hora más tarde, el timbre hizo estallar de nueva cuenta las orillas del silencio y, al mismo tiempo que nosotros nos pegábamos al vidrio, papá salió de casa gritando *¿quién chingados está afuera?* Para ese momento, la lluvia, que había empezado de manera repentina, había anegado el jardín y cada tanto hacía arder las venas invisibles de la noche.

¿Hay o no alguien allá afuera?, vociferó otra vez papá bajo la lluvia, justo antes de meterse nuevamente en el jardín y de extraviarse más allá de la cortina de gotas, unas gotas que a nosotros nos llegaban como ahogadas por el vidrio.

Poco después la lluvia se convirtió en aguacero y al ruido de las gotas se sumaron los truenos cada vez más insistentes. *¿Hay o no hay alguien…?*, nos pareció escuchar pero el rumor de los chorros que escupían los desagües del techo y el rugido del río, cuya crecida resultaría ser memorable, se habían sumado al coro enloquecido de la noche. A pesar de que pegamos al vidrio las orejas, no podíamos escuchar más que sonidos parecidos a palabras, ruidos que podían ser o no ser producidos por el hombre. Nos fue imposible estar seguros de si aquello que se oía estaba en la calle o si estaba adentro de la casa, si era aquello un solo hombre o si eran varios. Al final, abrazados a mamá, los gemelos se quedaron dormidos.

Cuando finalmente escampó, mamá seguía llorando y yo tenía medio metida la cabeza en mi vieja camiseta. Limpiando con el dorso de una mano el vidrio de la ventana, mamá sacó al jardín sus ojos y los míos de nueva cuenta. Pero lo único que había frente a nosotros era una honda oscuridad amenazante: cada vez que un aguacero caía encima de la colonia Providencia, la luz era cortada para que no reventaran las cajas del tendido eléctrico.

¿Por qué no vas a ver qué ha sucedido?, soltó mamá cuando el día por fin clareaba, señalando con la mano unas siluetas recostadas en sus piernas: seguían durmiendo en su regazo los gemelos. Sin detenerme a pensar por qué mamá me había dicho eso ni tampoco qué había sucedido aquella noche que me hacía a mí capaz de ir abajo, me levanté del suelo, eché a andar hacia la puerta, la abrí tras quitarle el seguro y atravesé el pasillo, sorprendido de no sentir en ese instante miedo.

En la escalera, aún así, el miedo, diría incluso el terror, volvió a metérseme en el cuerpo. Y para el último escalón había olvidado dónde estaba: no es que la luz no hubiera reclamado aún el espacio, es que ésta había olvidado cómo entrar en mis dos ojos.

Escuchando el ruido delgadito de los chorros que aún caían de los desagües, recordé en dónde estaba y evocando el espacio giré a tientas, avancé un par de pasos inseguros y descubrí así que al moverme mis pupilas se abrían a los destellos.

Guiado por los halos con los que iba nuevamente entretejiendo mi universo, crucé la sala y llegué hasta su ventana, donde las piedras y las plantas y los troncos fueron mostrándome de a poco sus colores, sus texturas y sus formas.

Entre las hojas de los árboles más altos el viento silbaba sin fuerza y en la distancia un sollozo parecía estarse expandiendo y contrayendo.

Precipitando el ritmo de mis pasos abandoné la casa y en el jardín eché a correr hacia el lugar donde papá yacía ovillado.

A medio metro de su cuerpo mis dos piernas detuvieron su carrera y en mi pecho las orillas de algo frágil se rompieron.

Alzando la cabeza, papá preguntó, o por lo menos esto es lo que recuerdo: *¿lo escucharon... también ustedes lo escucharon?*

Lo que no
pueden decirnos

I

Volví a encontrarlo esta mañana, donde el mezquite, dice Marcos al escuchar que Paola, recién salida de la cama, entra en la cocina. Está colando el café. La salsa hierve en la olla y los huevos se enfrían sobre la mesa: *estoy seguro que era él, nadie más usa esos sombreros.*

Lo saludé desde las piedras. Pero volvió a darse la vuelta apenas verme, añade Marcos, dejando encima de la mesa el café y ahogando los huevos de Paola con la salsa. *Luego vuelve hacia la estufa, donde despega del comal varias tortillas y escucha: no lograba levantarme.*

Es el calor, no me acostumbro, suma Paola bostezando y enrollando una tortilla: *me despierta veinte veces cada noche. Hoy lo seguían varios perros,* suelta Marcos comiendo él también con hambre: *acabarás durmiendo como reina... cuando dejes de pensarlo. Además aquí no se oye ningún ruido.*

Se metieron con él en el desierto, los perros, insiste Marcos poniéndose de pie, recogiendo los platos y dejándolos sobre la tarja. Mientras, Paola llena sus tazas con café: *eso también me vuelve loca, el silencio. ¿Cómo puede ser que no se escuche nada? No es que extrañe los motores o los gritos, pero aunque sea un rumor de algo.*

Intenté seguirlos aunque los dejé de ver bien pronto; de pie, Marcos rellena su taza y continúa: *no había acabado aún de amanecer. Para colmo el viento no permite que se queden un rato las huellas, están ahí y de pronto se deshacen.* Durante el día pasa lo mismo, asevera Paola por su parte, levantándose y llevando a la tarja el cuenco vacío del café y el par de tazas: *pon atención y vas a ver que no oyes nada.*

Ni los pájaros se escuchan, repite Paola enjuagando los trastes: *no es que no haya, esto está lleno de aves. Mira: ni siquiera el agua hace ruido,* insiste alejándose un paso de la tarja y señalando el chorro transparente, con las manos envueltas en jabón. Marcos, sin embargo, sigue con lo suyo: *a la próxima tendrá que saludarme.*

II

A veces pienso que quizás exageramos, suelta Paola acercándose a Marcos por detrás: *que no era para tanto. Hubiera estado bien algo intermedio,* añade apurando sus pasos hasta Marcos, quien trabaja en el pozo que su abuelo abandonara hace años y quien no se ha percatado de que ella se le acerca: *no era necesario elegir el otro extremo.*

Una ciudad pequeña, un pueblo mediano, lanza Paola junto al hoyo en donde está metido Marcos, quien asustado deja caer la soga que sus manos sostenían. La cubeta se desploma varios metros y estalla sobre el fondo del pozo, sin liberar después ni un solo eco. *Puta madre,* grita Marcos dándose la vuelta: *un día tendrás que revivirme. Ojalá no sea en este sitio,* advierte Paola señalando los vestigios del pueblo: *aquí nadie va a ayudarme.*

¿Otra vez la misma mierda?, pregunta Marcos, más cansado que enojado: *no podemos hablar de esto todo el día, todos los días. Además tú también quisiste,* recuerda emergiendo

del pozo y quitándose la gorra se limpia el sudor de la frente: *los dos quisimos, estuvimos de acuerdo. Pero tú estuviste más de acuerdo, como siempre,* interrumpe Paola a Marcos al mismo tiempo que le extiende un vaso con agua: *no quiero que después estés deshidratado.*

Qué tontería, exclama Marcos tras beber de un trago el vaso: *ninguno estuvo más de acuerdo que otro. Pero sabía uno la verdad y el otro nada más pedazos,* reclama Paola extendiendo la jarra que también trajo consigo de la casa y rellenando el vaso de su esposo insiste: *me habías dicho que era un pueblo pero no que no quedaba nadie. Ya te dije veinte veces que eso yo no lo sabía,* responde Marcos, viendo cómo el agua llega al borde de su vaso y sigue hasta regarse sobre el suelo.

Además tampoco es cierto que ya no quede aquí nadie, añade Marcos encogiendo el cuerpo y observando cómo el charco, que recién se ha formado sobre el suelo, se evapora: *está el hombre de los perros, la vieja de la casa en la hondonada, los trillizos ésos de. ¡Ésos de la mula y los costales!,* interrumpe Paola a Marcos y arremedándolo adivina sus palabras: *¡la pareja de la tienda, la loca de la presa y los niños de las cuevas… algo más vas a decir que no quieres que diga?*

Es lo mismo que si no hubiera nadie, Marcos, afirma Paola inclinando también su cuerpo pues en la arena, que recién se ha secado por completo, algo empieza a moverse: *¿o has oído la voz de alguien? ¿Qué chingados será esto?,* interrumpe Marcos el discurso de Paola, quien, sin embargo, aunque está igual de intrigada que su esposo con lo que ahora mismo emerge de la arena, sigue murmurando: *¿o has hablado con alguno… o te ha hablado a ti alguien?*

Es como si alguno no existiera… como si tú y yo aún no hubiéramos llegado, se enterca Paola echando el cuerpo para atrás en el instante en que su esposo gruñe emocionado y la arena, reseca como si así llevara ya un montón de años, se cuartea y se rompe entre sus cuerpos. *¿Qué chingado es esto?*, pregunta Marcos acercando las manos a la oruga que emerge ante sus ojos. Y acunándola después entre sus dedos dice: *está tibia*, mientras su esposa vuelve a echarse para atrás y así también vuelve a lo suyo: *como si ellos no nos vieran.*

Como si nosotros no estuviéramos aquí... como si nosotros o ellos no existiéramos, insiste Paola pero esta vez su esposo, quien no desea dejar de ver a la pequeña larva color rojo que ha alzado de la arena, estalla: *deja de decir tus pendejadas. Aunque sea por un momento, aunque sea una sola vez*, ordena Marcos: *deja de ladrar y mejor vete allá dentro... por un frasco. Quiero guardarla para siempre, es muy hermosa.*

III

Lo seguí otra vez hasta la parte donde se alzan los saguaros, dice Marcos al escuchar cómo Paola entra en la sala: *lo adelanté después por la cañada. Me escondí tras un par de palos fierro y ahí lo sorprendí cuando pasaba*, añade sin dejar de ver sus frascos, que poco a poco han terminado por toda la casa. *Pero ni así quiso hablarme.*

¿Y sus perros, te gruñeron?, pregunta Paola bostezando y tallándose los ojos. Ha tomado, a últimas fechas, la costumbre de dormir a media tarde: *¿te ladraron, los oíste cuando menos que chillaran? Nada. No hicieron ningún ruido*, asevera Marcos agarrando uno de sus frascos y destapándolo, añade: *ni los perros ni el hombre. Pero vas a ver que voy*

a hacer que alguien nos hable, lo prometo, suma metiendo la nariz dentro del frasco.

Hace meses que eso dices, que vas a hacer que alguien nos hable, lanza Paola removiéndose, incómoda, sobre el sillón, al mismo tiempo que su esposo inquiere: *¿te conté que huelen a tu aliento?* Pero ni logras que nos hablen ni aceptas que sería mejor marcharnos,* continúa Paola enroscando un mechón de su cabello y clavando la mirada en su esposo, quien entonces gira el cuerpo, avanza hasta el sillón y lanza: *creo que eso hace que me encanten.*

Es por eso que los guardo, insiste Marcos dejándose caer también sobre el sillón y acercándole el frasco a Paola: *¿quieres olerlos? Sabes que tengo razón,* suma Paola, alejando de sí el frasco en que palpita la última babosa que su esposo recogiera: *que sería mejor volver a la ciudad, olvidarnos de todo esto.* Antes, sin embargo, de que pueda Marcos responder o ignorar de nuevo el tema, una piedra entra en la casa y ambos se levantan dando un salto.

Confundidos, contemplando en su extravío los vidrios esparcidos sobre el suelo, cuyo estallido no hizo ruido, Paola y Marcos buscan entender qué ha pasado y qué hacer en un mismo instante. Entonces Marcos corre hacia los frascos que cayeron y Paola se acerca, sigilosa pero también de forma apresurada, a la ventana: *¡son los niños… puta mierda!*

¡Los que vienen de las cuevas!, añade Paola pero su voz, que también ruge: *¡están por todas partes!,* se extravía entre otros varios estallidos: las pedradas se han vuelto aguacero y sobre el suelo siguen rebotando los adornos, unas tazas y los frascos que Marcos ha estado guardando. *¿Qué les pasa… qué chingados les hicimos?,* aúlla Paola encogiéndose y buscando a su esposo con los ojos. Pero Marcos ha salido de la casa.

Cuando la lluvia de piedras finalmente se termina, Paola deja de temblar en su rincón, se incorpora lentamente y secándose las lágrimas se acerca a la puerta: *Marcos... Marcos.* Los temores que gobiernan su cabeza, sin embargo, no la dejan avanzar más de dos pasos y está a punto de caer cuando en el vano aparece la figura de su esposo.

No paraban... me veían y aún así no lo dejaban, dice Marcos abrazando a su esposa, que en voz baja vuelve a repetir lo que había dicho: *¿por qué vinieron a hacer esto, qué chingados les hicimos, por qué querían hacernos daño?* Sorprendido ante aquello que ahora mismo está pensando y que está a punto de decir, Marcos murmura: *no creo que quisieran lastimarnos... no querían hacernos daño.*

Más bien querían decirnos... creo que querían... no... no querían hacernos nada, insiste Marcos apartando de sí el cuerpo de Paola y clavando en ella su mirada asevera: *como si nos quisieran decir algo y no pudieran.*

Abrazándose de nuevo, Marcos y Paola contemplan el desastre en torno suyo, hasta que la luz del día se va apagando y el hedor de las babosas, que reptan por el suelo, va aquietándolos y va también sumiéndolos en un raro cansancio.

IV

Convencido de que no le falta guardar nada, Marcos cierra la caja de su vieja camioneta, se da vuelta y echa a andar hacia la casa, observando en la distancia, otra vez, el avanzar cadencioso de los trillizos con sus mulas y sus sacos.

Así han pasado toda la mañana, van con esos bultos llenos y regresan descargados, le informa Marcos a Paola, que está parada a un lado suyo, bajo el marco de la puerta. *¿Qué más da qué estén haciendo?*, responde ella tras un par de segundos y apurando el último trago de su taza vuelve dentro de la casa, arrastrando a su esposo.

Lo que importa es que finalmente nos vamos, celebra Paola atravesando la sala y dejándose caer sobre el sillón insiste: *que finalmente se acabó esta pesadilla. Hay que buscar algo intermedio,* suma Paola dirigiéndole a su esposo una sonrisa y extendiéndole ambos brazos. Pero en lugar de hacerle caso, Marcos se aleja del sillón y lanza: *mejor nos vamos antes de que el sol esté arriba.*

Minutos después, Paola y Marcos ya han montado en su vieja camioneta y han emprendido el camino de regreso. Pero a cien metros de los límites del pueblo en que nacieran sus ancestros, Marcos observa un par de camionetas, atravesadas en el centro de la brecha: *¿y ahora quiénes serán ésos?*

¿Por qué hacen esas señas?, pregunta Paola en voz bajita, casi susurrando, a cincuenta metros del retén improvisado, al mismo tiempo que su esposo gruñe: *puta madre,* reconociendo los sacos que acarreaban los trillizos y reduciendo la velocidad hasta pararse.

Antes de que Paola o Marcos se den cuenta, salen varios hombres de la nada, corren hasta ellos, los arrancan a la fuerza del vehículo, los tiran sobre el suelo, los golpean hasta dejarlos inconscientes, fuerzan sus quijadas y utilizan sus cuchillos.

No despertarán, Paola y Marcos, hasta que el sol se haya puesto. Entonces, en mitad de la penumbra, sobre el reguero de su sangre y aspirando el hedor que los aquieta, aceptarán que el silencio empieza dentro de la boca.

Mejor hablemos de mí

I

El otro suceso que arruinó mi día fue la muerte de mi suegro. O mejor dicho de mi exsuegro. Más me vale ser acertada: soy escritora. Una escritora profesional. Para algunos, incluso, la mejor del país. Si no me creen, ahí están las revistas, los suplementos, la crítica en general. Y los premios, vayan ustedes a ese pasillo y verán de lo que hablo, oficiales.

No, nunca he sido modesta. En lo que respecta a mi vida, soy una mujer realista. Sobre todo cuando el tema es mi obra. Pero no se confunda, no soy realista cuando escribo, oficial. Sé que usted quizá no me entienda, pero el realismo literario está muerto, no vende. No interesa en Europa ni en Estados Unidos. Vaya, ni a los sudacas les interesa ya el realismo, oficial. Hoy lo que importa es saber desnudarse, mostrarle al mundo el alma, el espíritu propio. Y yo tengo un espíritu encantador. Cuando me expongo, la gente abre la boca. ¿Por qué no regresa su compañero?

Aquí está de vuelta. ¿Vio las medallas, los premios? Tienen razón, no debo desviarme. Les estaba contando otra cosa. Les estaba diciendo que mi día terminó como había empezado: convertido en un desastre. Y eso que pensé que tras la tarde que me habían dado los niños —por desgracia, no siempre hay alguien dispuesto a llevarlos a sus clases de tenis— y la mañana que me impusieron los vecinos —remodelan una y otra vez, incapaces de aceptar que el problema es su ascenso social inesperado— al fin podría sentarme y trabajar, oficiales.

¿No prefieren sentarse? Sí, sí, mejor así, todos de pie. Les decía que otra vez pequé de ingenua. Ni siquiera había encendido esa computadora cuando el teléfono empezó a molestarme. La primera vez no le hice caso: estoy terminando un cuento y me resulta imperativo que no pasen más de dos días. Quizás ustedes no lo sepan, pero los grandes cuentos se escriben así. Se pueden pensar mucho tiempo, pero se tienen que escribir en cuarenta y ocho horas o menos. Y a mí me quedaban cuatro horas, oficiales. Por eso encendí la computadora y abrí el archivo.

Por supuesto, leí varias veces la oración en la que estoy atorada: "en el elevador, se despojaron de sus sucios uniformes y emergieron de éstos como rompiendo sus crisálidas". Y justo cuando sentía que me salía de aquí adentro, de esta barriga que parió a mis dos hijos, oficiales, la línea siguiente, ese aparato sonó y sonó y sonó hasta que la imagen que estaba a punto de convertir en poesía se desmoronó entre mis dedos.

Así que contesté enfurecida: el imbécil del papá de Ramiro, a sus setenta años, abrió una ventana y saltó al vacío. Siete pisos. Lo despegaron del suelo con pala, oficiales. No me sorprendería que a esta hora aún hubiera pedazos suyos pegados al asfalto. ¿De veras no quieren sentarse? Y por supuesto, nadie piensa en esos pobres tan pobres a los que les toca limpiar las calles de noche. ¿Se imaginan, oficiales? Vivir barriendo las hojas y una madrugada encontrarse un pedazo de cráneo.

Pues seguiremos parados. Aunque pensándolo bien, cuando menos así, oficiales, al final de su vida mi exsuegro habrá inspirado los sentimientos de alguien. Aunque sean los de alguno de esos muchachos que no ofrecen más que su mano de obra. Unas manos que, por cierto, tampoco es que hagan tan bien su trabajo. Y miren que sé de lo que hablo: desde hace un mes los estudio. El cuento que estoy escribiendo es sobre ellos. No, no exactamente sobre ellos. Es más bien sobre cómo los veo, oficiales. Sobre lo que veo de sus vidas y sobre cómo éstas me afectan.

Todas las madrugadas salgo al balcón. Sí, desde ahí, oficial. Por supuesto: la puerta corre a ese lado. En esa esquina. Ahí fumo observando cómo aparentan que barren mi calle. Pero en realidad se la pasan hablando y presumiéndole al mundo su displicencia. Esto ustedes deben saberlo mejor que yo. Bueno, no exactamente mejor, pero igual deben saberlo. O imaginarlo. Dígale a su compañero que ese barandal está suelto, no vaya a caerse. Eso es. Tengan cuidado. No, yo de aquí no me muevo. ¿A dónde quiere que vaya? Ésta es mi casa. Y todavía estoy hablando.

II

Les prometo que esta vez no voy a desviarme, oficiales. Ustedes tienen razón. ¿Por qué iba yo a dedicarle más tiempo a esos hombres? ¿Por qué, si me tengo a mí misma? Y sobre ellos ya tengo mi cuento, aunque no esté terminado. En cuanto ustedes se vayan me sentaré a trabajar, oficiales. Eso es lo que haré. Pero no quiero que se queden con una idea incorrecta. No es que el cuento sea sobre ellos. Es sobre mí, aunque ellos también aparecen.

Imaginen que un día decidiera escribir sobre ustedes, oficiales. Sobre cómo un día entran dos policías en mi casa y me piden que les cuente lo que ha sucedido. Ustedes estarían en mi relato pero el centro de éste tendría que ser yo. Porque yo soy la que le interesa al lector. Al lector de hoy en día. Soy la mujer exitosa, la madre esforzada, la escritora importante. Y para colmo soy guapa, oficiales, no podrán negar que a pesar de mi edad aún extingo miradas.

Perdonarán que insista, pero tampoco me gusta ser modesta con respecto a mi físico. Soy hermosa, oficiales. Y por eso me pasa lo que le pasa a la gente que es hermosa. Qué bueno que aceptaron sentarse, ya no aguantaba estar parada. Y es por eso también que los lectores necesitan meterse en mi piel y no en la de un barrendero o la de un policía. No lo tomen a mal. No es que su vida no importe. Es su historia la que, con todo respeto, no importa, oficiales.

Tienen razón, les prometí no desviarme y lo he logrado de nuevo. Pero tendrán que entender, no lo hago a propósito. Me desborda mi propio tesoro y sin darme cuenta lo expongo. Pero aquí estoy otra vez, oficiales. Y les estaba diciendo que hace rato, cuando por fin me senté a trabajar, tras reponerme del susto que el esposo de la criada me metió en la cocina —por qué tendría que acordarme que viene los jueves—, mi exesposo decidió que era a mí a quien tenía que llamar.

Ni siquiera tuvo la delicadeza de preguntar si estaba ocupada. Qué horror: yo tampoco he sido muy amable que digamos: ¿quieren un vaso de agua? ¿Seguros? Está bien. Lo peor fue que Ramiro tampoco tuvo el detalle de contarme de golpe lo que había sucedido. Sí, ya les dije que es mi exesposo de quien les hablo. El idiota empezó a balbucear, tropezó con su lengua y se deshizo en piruetas verbales. Se homenajeaba a sí mismo y a toda su estirpe. Sí, incluidos mis hijos.

Mientras hablaba, yo sólo podía pensar que no estaba escribiendo. Aunque un poco sí que podía, oficiales, eso mejor aceptarlo. Ya vieron que no es que me cueste perderme. Así que mientras él daba vueltas, yo borré el final del párrafo en el que estaba atorada: "en el elevador, se despojaron de sus sucios uniformes y emergieron de éstos como rompiendo sus crisálidas". Y en su lugar escribí: "en el elevador, decidieron esperar a entrar en el apartamento para emerger de sus sucios uniformes". Imagino que ustedes no lo perciben, pero con esta simple operación, llené de vida el texto que aún ni era texto.

¡A pesar de mi exesposo, oficiales, había desatorado lo que estaba atorado! Por eso me sentí emocionada. Y no crean que otra vez estoy tomando un desvío. Aquí sigo y estoy en lo nuestro. Porque una cosa es corregir y otra distinta es crear. Y esto no podía hacerlo mientras Ramiro siguiera hablando. Mientras su voz fuera mi ruido de fondo no podría escribir. Por eso no quería seguir escuchándolo, por eso lo odié tanto como cuando estábamos casados y por eso le dije: *¿vas a decirme otra cosa o seguirás nada más insultando al idioma, Ramiro?* ¿Y saben que fue lo que hizo? ¡Se echó a llorar!

Sollozaba y se ahogaba como un niño pequeño. Y ni siquiera es que quisiera a su padre, se los juro. Si ustedes le hubieran dicho, por ejemplo, que el viejo pensaba lanzarse al vacío, él mismo hubiera ido a abrir las ventanas. ¿En serio no quieren un vaso con agua? Está bien, no vuelvo a insistirles. A veces pienso que él nunca ha querido a nadie. Sí, Ramiro, mi exesposo. Les juro que detrás de su padre hubiera lanzado a su madre.

Pero llorar ha sido su única arma ante el mundo, oficiales, no recuerdo discusión en la que no terminara llorado. Así que escucharlo, mientras mi mente recorría las posibles oraciones del párrafo que hacía nada pensaba imposible, terminó de enfurecerme. Y mientras mi voz más profunda decía: "convencidos de emerger de sus disfraces hasta estar en el apartamento, los tres muchachos esperaban impacientes a que se abrieran las puertas de espejo del ascensor", mi voz más humana aseveró: *¡habrías lanzado también a tu madre!*

Pero Ramiro no me escuchó o fingió no escucharme. *¡Ramiro!,* le grité tan fuerte como pude y saliendo al balcón, como usted hizo hace nada, volví a increparlo: *¿por qué mierdas me llamas? ¡Yo ni siquiera... ni tú tampoco... tú eras su hijo y ni así lo querías!,* rematé mientras mis ojos descendían a la calle, oficiales, buscando a los hombres que fingen que barren. No, no voy a desviarme. Pero es que eso fue lo que hice cuando al fin dejó de lloriquear mi exmarido: salí a observarlos para ver cómo serían los disfraces que en mi cuento se quitarían mis personajes.

Así que tras mirarlos di media vuelta y regresé a la sala, donde a pesar del silencio en que se había sumido Ramiro, sí, mi exesposo, el verdadero, pensé en la siguiente oración de mi texto: "convencidos de que no habría de descubrirlos, los tres muchachos renunciaron a forzar la cerradura y uno de ellos dio con su puño varias veces en la puerta". Pero tampoco es que el silencio de Ramiro resultara aceptable, oficiales. Su no decir ni hacer ruido, la verdad, se me fue volviendo cada vez más pesado.

Por suerte, Ramiro emergió de su silencio: *quería… con los niños… no contigo… que me acompañen pues al velatorio,* balbuceó y en vez de sentirme aliviada, oficiales, sentí que quería matarlo. *¡No esperarás que te los lleve!,* grité perdiendo el control y mi voz más humana añadió: *¿no escuchaste que estoy trabajando o qué pasa?,* al mismo tiempo que mi voz más profunda trataba de calmarme, oficiales, dando vida a otra oración de mi relato: "al escuchar que desde dentro respondía a su llamado, los tres muchachos se sonrieron unos a otros y acercaron sus rostros temporales y felices a la mirilla de la puerta".

"Estaban convencidos de que iba a confundirlos", sumó mi voz más frágil y habría seguido así de no ser porque escuché a Ramiro aseverando: *pasaré yo a recogerlos. ¡Por supuesto que vendrás tú a recogerlos!,* le contesté acercándome de nuevo a mi escritorio. Sí, ese escritorio. Sí, puede acercarse. Yo mientras le sigo contando a usted. Así ganamos un poco de tiempo. Necesito que se vayan. No, no me malentienda. No es que quiera que se vayan, es que quiero regresar a mi trabajo. Le decía que me acerqué al escritorio repitiendo, con la más fértil de mis voces: "estaban convencidos de que habría de confundirlos, que ella habría de asomarse a la mirilla y al hacerlo no vería otra cosa que la ilusión que ellos tenían preparada".

Pero Ramiro me tenía otra guardada. Y antes de que pudiera sentarme en mi silla y escribir: "por eso cuando oyeron otra vez la voz que preguntaba: '¿quién es?', los muchachos guardaron silencio y acercaron más sus rostros al viejo ojo de la puerta", mi exesposo lanzó: *no se te puede pedir nada.* Mis ganas de matarlo se volvieron ganas de cortarlo en pedacitos. Y mi rabia escupió: *¿no me puedes… y yo qué… en mí quién?* Pero el cabrón de mi exesposo, sí, el verdadero, no el que ustedes creen que es mi exesposo, me respondió, con una voz que no le había oído: *velos despertando… tenlos listos porque llego allí en media hora.*

Luego colgó sin que pudiera rebatir sus palabras. Por eso azoté y rompí el teléfono que su compañero está alzando. Y por eso volví furiosa la mirada al pasillo y sentí que odiaba a mis hijos tanto como a su padre. Sí, ese pasillo conduce a los cuartos. Por supuesto que pueden. Aquí los espero a que vuelvan. Pero les ruego que no se lo tomen con calma.

No quiero que las cosas se sigan interponiendo entre mi vida y mi arte. Me queda apenas una hora y media, oficiales. Y no estoy segura de que vaya a ser suficiente. Pero vayan, vayan. No me sigan oyendo, tampoco los quiero seguir reteniendo. Váyanse en serio a los cuartos. Yo aquí me quedo creando: "aunque estaban convencidos de que la voz se escucharía una tercera vez, los muchachos se descubrieron aceptando que aquello que ahora oían era el sonido de unos pasos acercándose a la puerta".

III

"Y su sorpresa fue aún mayor cuando sintieron que eran observados y sonriendo se dejaron auscultar por aquel ojo encarnado en la madera, que a los tres les pareció entonces el ojo de un reptil prehistórico", estaba pensando eso antes de que ustedes volvieran, oficiales. Sí, son ésas las piyamas de mis hijos. Se las quité tras colgar con Ramiro. Tras verme obligada a hacer lo que él dijo. En eso estaba antes de que ustedes dijeran: *espere*.

Les decía que no tuve más opción que atravesar ese pasillo. Entrar en el cuarto de mis hijos, los verdaderos, encender la luz, espabilarlos y apurarlos. Y yo que quería sentarme y trabajar. Por eso odio las herencias que me he autoimpuesto. Lo que me pasa con mis hijos es lo mismo que me pasa con el resto de la gente, oficiales. Su existencia me amordaza, es un candado en mis labios. Pero perdonen que mejor use otra palabra. Preferiría decir una trampa. El ardid que acalla cada una de mis voces.

La voz con la que les cuento: no me fui de su cuarto hasta que estuvieron vestidos. Y miren que dos niños dormidos no hacen las cosas ni a gusto ni aprisa, oficiales. O la voz, por ejemplo, con la que les dije a esos niños, no a los que ustedes insisten que son mis dos hijos, qué había sucedido: *¿se acuerdan de su abuelo Ignacio? Pues abrió la ventana de su casa y se lanzó a la calle. Así que órale, apúrense que va a venir su padre a recogerlos.* O la voz con la que, mientras apuraba a esos niños que habían empezado a llorar, ensayaba en silencio: "pero ninguna sorpresa sería igual a la que finalmente los golpeó como un canto en los dientes, cuando el silencio, delgadito y tenso, se hundió en el crujido del cerrojo que giraba al interior de la chapa".

En serio, oficiales, toda la gente que he conocido no ha sido sino un esparadrapo en mi boca. Los trapos que dejó aquí la que yo era antes. ¿Siguen sin querer un vaso con agua? Está bien. Les pido disculpas de nuevo. No sé por qué les insisto. Igual que no sé por qué no me he deshecho de todos mis trapos. ¿Saben ustedes qué ofrecen? ¡Nada! Ni a mí ni al mito en el que me he convertido.

¿Por qué tendría que importarme, por ejemplo, la infertilidad de mi hermana? ¿Cómo podría ser fértil con ese aspecto de enferma? La naturaleza no iba a permitir que su error se perpetuara, oficiales, calificaría eso ya como saña.

O díganme, ¿por qué tendría que importarme que el marido de mi madre ya no le atraiga? Lo increíble es que alguna vez sucediera. Con lo feo que es ese Mario. Es tan feo que cuando veo un hombre feo me digo: *piensa en tu padrastro.* Y el hombre que observo deja de ser feo de golpe. Pero otra vez me he desviado. Aunque esta vez es su culpa. Podrían haberme avisado. ¿En qué estaba? Ah, sí, en que arrastré a los niños, mis niños, no ésos que ustedes insisten, aquí a la sala. Los senté en estos sillones. Y aunque estaban llorando me sentí emocionada: *en cuanto ellos se vayan,* pensé, *podré sentarme a escribir una hora.*

Pero Ramiro nomás no llegaba. Y los niños seguían llore que llore, oficiales. *Más les vale callarse,* les dije pero al instante entendí que no sería amenazándolos como haría que guardaran silencio. Uno conoce a sus hijos. Por eso también sé de qué hijos les hablo, no, no son éstos que insisten en hacerme creer que son míos. ¿Ven cómo me están empujando? Pero no volveré a desviarme. Les estaba diciendo que elegí otra estrategia para hacer que mis niños callaran: *piensen muy bien si van a asomarse a su caja… el abuelo estará hecho pedazos,* les dije.

Y después de un par de segundos los rematé aseverando: *quizá no olviden jamás lo que ahí vean.* Sólo entonces se hizo el silencio. Y sólo entonces volvió mi voz más profunda a lo suyo: "cuando el cerrojo calló, los tres muchachos que esperaban detrás de la puerta sintieron cómo sus ritmos cardiacos se aceleraban al interior de sus disfraces y, aún más adentro, al interior de sus cuerpos. Pronto la puerta chilló como si fuera un viejo letrero que el viento castiga y una grieta de vano, como un hilo, conectó el pasillo y el departamento". Justo en ese instante llegó mi exesposo.

Mis hijos, al escuchar que tocaban, se pararon de estos sillones dando un salto y así, como si aquello fuera dar pasos, se precipitaron rumbo a la puerta. Yo los seguí pero no iba a correr detrás de ellos, oficiales. Además esa puerta no está tan cerca, ustedes lo saben. Y para colmo mi voz más profunda se aferraba a lo suyo, mientras mis pasos, sin que pudiera evitarlo, desviaban mi andar rumbo a esos cajones: "al ver los muchachos el hilo de vano lanzaron sus cuerpos contra la puerta, esperando que al otro lado otra fuerza ejerciera de igual modo contra ellos".

"Pero no sería así: la mujer los estaba esperando. Y dando un paso hacia atrás dejó que los tres muchachos cayeran al suelo. Fue así que atacó ella sus cuerpos empuñando con fuerza el cuchillo", seguía la más frágil de todas mis voces diciendo, cuando una luz de sirena llamó mi atención en la calle. Luego ustedes entraron aquí, oficiales. Y nos sentamos en estos sillones. Y empezamos con esto que seguimos haciendo: hablar de mí como si no estuvieran ahí esos cuerpos.

Todos nuestros odios

Un mes después de que Cristóbal y Mauricio —que no tendrán aquí mayor cabida— dieran por muerta a la pequeña que tiraron junto al cuerpo de su abuelo y varios otros cuerpos, en los terrenos que para esto utilizaban cada tanto, tuvo lugar el juicio que habría de resultar en el castigo de Ana Agravia, quien para entonces había perdido ya las simpatías de todos los hombres y mujeres que siguieron su caso desde que éste comenzara.

Catorce años de prisión, sin reducción posible de condena, ordenó el juez hace apenas unos días, en presencia de la parte acusadora, de los secretarios del ministerio, de los miembros de la prensa, de algunos representantes de ONG, de varios colados y del abogado defensor que por oficio le había sido asignado a la niña del cráneo diminuto, quien por supuesto nunca conoció —antes de la vista, el proceso y la pena— el escrito de la parte acusadora o la alegación de su defensa.

De cualquier modo, dijo el letrado defensor ante los contados reporteros que se reunieron aquel día ante las puertas del tutelar de menores de San Fernando, *la pequeñita no habría podido leer ningún escrito. No los habría comprendido,* añadió el facultativo, *aunque los hubiera sostenido entre las manos.* Y es que en algún momento del enredado proceso —demasiado tarde, en mi opinión— la defensa decidió replegarse y articular sus argumentos en torno a las primeras impresiones que externara el público, todavía simpatizante de Ana Agravia, arguyendo que ella era una pobre extranjera desvalida, inútil y sin valor comercial alguno.

Así que no, no creo que esta situación —no haber tenido acceso a los documentos— *haya determinado el resultado de este juicio,* remató el leguleyo, apartando de sí los micrófonos y murmurando, por lo bajo: *Ana Agravia tiene una discapacidad y esto tenemos que aceptarlo.* Por su parte, la pequeña microcéfala, quien apenas hacía semana y media sorprendiera al país con su elocuencia, al ser interpelada por un manifestante —que tampoco tendrá aquí mayor cabida—, atinó únicamente a repetir lo mismo que venía refrendando a últimas fechas: *no blo i igo ni tiendo.*

¿Pero cómo es que el caso de Ana Agravia, que en su origen despertara incontables apoyos hacia la niña desamparada, dio un giro tal que terminó en su condena, por parte de la autoridad, y en su repudio —podría decirse incluso linchamiento—, por parte de la sociedad del país al que ella había llegado en compañía de su familia, una familia que había ido desapareciendo a lo largo de su viaje en busca de una vida nueva?

Aunque no sé si podré explicarlo, trataré de hacerlo apegándome, en la medida de lo posible, a los testimonios y opiniones a los que he tenido acceso, así como reconstruyendo los hechos principales con la información que he recabado y, por supuesto, utilizando la experiencia que me otorgan años de inmersiones en peritajes legales y en el análisis de los cambios que se gestan al interior de la opinión pública. Ésta es, pues, la historia de Ana Agravia.

El 22 de diciembre del año 2014, hacia las tres de la madrugada, los hermanos y policías Gustavo y Alejandro Morales —quienes tampoco tendrán aquí mayor cabida, como no la tendrán nunca en otra página, documento o libro escrito— llegaron a El Amparo, famoso barrio de la periferia de Santo Tomás, tras ser advertidos de que en los baldíos que delimitan ese sitio se habían escuchado gritos, múltiples detonaciones y lo que parecían ser los motores de varias camionetas.

Apenas descender de su patrulla, maldiciendo a la fortuna por haber sido en su turno cuando avisaron de estos hechos, que los tenían allí en los lindes de El Amparo, los hermanos Morales escucharon un terco y fastidioso lloriqueo. Encendieron sus linternas, sacudieron sus cabezas y se dirigieron, quejándose en voz alta, hacia el origen de aquel llanto, donde encontraron el cuerpo de Ana Agravia, aferrado a la pierna izquierda de su abuelo. A varios metros del viejo y de la niña, cuya cabeza diminuta en aquel momento no notaron los agentes, yacían otros cadáveres.

Lo que faltaba, aseveró Alejandro apuntando su linterna hacia Gustavo: *que nos dejaran una viva. Esto va a ser un desmadre*, soltó, por su parte, el mayor de los Morales, acercándose a la niña y al viejo y sintiendo cómo el coraje se adueñaba del resto de su cuerpo: *vuélvete mejor a la patrulla y diles que nos manden ambulancias y peritos… ya estuvo que nos vamos a quedar toda la noche. ¿Y le hablo al Pano?*, preguntó Alejandro caminando ya hacia la patrulla: *¿o esperamos otro rato? Avísale a ése también de una*, respondió Gustavo alumbrando a Ana Agravia: *por lo menos que nos deje esto una lana*.

Una hora después, hacia las cuatro de la madrugada, el ajetreo en El Amparo era absoluto: los policías se movían como enjambre, los paramédicos tendían sobre el suelo una sábana tras otra y los peritos dejaban sus marcas por aquí y por allá. Por su parte, los vecinos, tras la cinta que Gustavo y Alejandro habían tendido hacía un rato, atestiguaban todo entre cansados y aburridos y el *Pano,* cuyo nombre de pila es Felipe, tomaba apuntes y fotografiaba todos los detalles que habría de mencionar en la nota que publicaría al día siguiente, con un titular en forma de pregunta: "¿Inocente niña entre doce asesinados?"

Para cuando llegó el amanecer, El Amparo finalmente había quedado desierto: los muertos habían sido trasladados a la morgue, los policías habían vuelto a sus casas, los peritos habían redactado sus informes, los vecinos desayunaban discutiendo su desvelo, Ana Agravia descansaba en su cuarto del hospital municipal de Santo Tomás, vigilada por los federales que la habían escoltado hasta ese sitio, y Felipe leía orgulloso, podría decirse incluso que exultante, el ejemplar de *Noticias del Golfo* que, en portada, presentaba dos de sus fotografías y el texto íntegro de su reportaje.

El mismo reportaje vago, suspicaz y mal escrito que al día siguiente, tras el revuelo que causara en Santo Tomás, sería reproducido por la mayoría de los periódicos de circulación nacional, convirtiéndose en la causa principal de que la historia de Ana Agravia se transformara en asunto de todos y en un caso digno de las autoridades federales. Y es que el escrito de Felipe, apenas 48 horas después de los sucesos acaecidos en los terrenos de El Amparo, había dividido en dos a la opinión pública y había inoculado en la médula de ésta un evento que, en lo general, era igual a tantos otros sucedidos diariamente en el país pero que, en lo particular, tenía a una niña discapacitada como víctima. O como culpable.

Así que apenas 72 horas después de los hechos ya narrados, cuando a nadie le importaba lo que pudieran contar las autoridades locales o lo que pudiera añadir Felipe —quien había lanzado la primera piedra pero había sido olvidado por la opinión pública muy pronto, por lo que tampoco tendrá aquí más cabida—, todos los habitantes del país, sin importar su clase, raza o estrato social, se habían convencido a sí mismos de estar en posesión de la verdad absoluta. Tanto en las plazas como en los cafés, las escuelas, las oficinas, los medios de comunicación y las redes sociales, los ciudadanos clamaban por conocer todos los detalles, convencidos de que al hacerse pública la información completa del caso, ésta no vendría si no a darles la razón.

Por supuesto, a todos estos ciudadanos les daba igual que esa información, por la que no habían dejado de clamar y por la que estuvieron suplicando en silencio varios días, fuera la versión de Ana Agravia, la historia de vida de esa niña narrada por la voz de algún conocido, la confirmación o la negación de su discapacidad o los rumores que sobre su familia empezaron a correr, sin que pudiera asignárseles un origen claro. Pero ¿qué decían estos rumores? Los principales: que la familia de Ana Agravia huía de su país tras matar a varios habitantes de su pueblo; que huían más bien tras descubrirse una red de trata de discapacitados que ellos regenteaban; que escapaban de un grupo paramilitar que quería asesinarlos, o que, como tantos otros, sólo buscaban un futuro mejor y más promisorio.

Fue entonces, en mitad de la apoteosis desatada por la rumorología, que la información que tanto ansiaba la opinión pública se hizo presente, aunque de forma extraña, inesperada y a la vez inevitable. Ocho días después de la tragedia, una enfermera del hospital municipal de Santo Tomás colgó en su muro de una conocida red social un video en el que podía verse a Ana Agravia. Por fin, el centro momentáneo de la nación se presentaba ante los ojos que no querían ver otra cosa. Sentada en la cama de su cuarto, desayunando, conectada por vía intravenosa a una bolsa de suero y por diversos cables a un enorme aparato, la pequeña microcéfala observaba, con atención difusa y la mirada vacía, la pantalla de un televisor, que en la grabación apenas podía distinguirse.

No tuvieron que pasar ni cinco minutos para que el video referido se viralizara y para que las miradas de todo el país, no conformes con ver a Ana Agravia en su suplicio una vez, repitieran éste otra, una más y varias veces. Como también fue una cuestión de apenas media hora que la opinión pública, hasta entonces dividida, se replegara casi entera al lado de la pobre y sufrida niña idiota. Lo mismo, por supuesto, hicieron la mayoría de los expertos, periodistas y autoridades nacionales, quienes durante los días previos no habían dejado de comentar la matanza en las pantallas de todos los canales de televisión, en la mayoría de las estaciones de radio y en casi la totalidad de las columnas de los periódicos.

Y es que lo que se podía observar en el video no era solamente a una niña abandonada a su suerte y sin nadie que estuviera a su lado, sino a una niña clara y evidentemente discapacitada: la cabeza de Ana Agravia, en efecto, era diminuta y el movimiento de sus manos, al acercarse la comida hacia la boca, parecía implicarle un esfuerzo titánico. Además, la pequeña desvalida, que parecía no tener frente ni tampoco parietales, se reía, de tanto en tanto, de una forma sumamente extraña pero también intensamente tierna. Y dirigía hacia la nada miradas desdichadas. Para colmo, su piel parecía haber sufrido, en otro tiempo, diversas quemaduras y presentaba, en los brazos y en las piernas, moretones y heridas recientes.

Los niños con microcefalia me parecen preciosos, comentó en cadena nacional uno de los escritores más importantes del país: *si fuera Durero, haría un estudio sobre sus proporciones, su belleza y su inocencia. La ternura que me inspira la deformidad de esta pequeña,* añadió después el músico más famoso de la nación: *sólo puedo compararla con la ternura que siento cuando hablo con Dios.* Por su parte, el conductor del noticiero de mayor audiencia, aseguró que, tras haberlo consultado con varios médicos, por supuesto expertos en la materia, podía asegurar que: *un niño con microcefalia es absolutamente incapaz de hacerle daño a otro ser humano e, incluso, de llevar a cabo siquiera un acto que pudiera ser motivado por lo que comúnmente denominamos como "el mal".*

Así pues, doce días después de la tragedia acaecida en El Amparo, todo parecía indicar que Ana Agravia se había liberado de las dudas que recaían sobre su persona y que la opinión pública, en general, se había convertido en su mayor aliada. Además, la autoridad, que seguía buscando a los culpables de la matanza, había declarado que no consideraba a la pequeña más que otra víctima de la violencia desatada en Santo Tomás y que, por ningún motivo, era considerada sospechosa. Los medios, mientras tanto, se peleaban por conseguir una entrevista en exclusiva con Ana Agravia, la gente organizaba colectas para su futuro, las ONG intentaban convertir su caso en la bandera que les permitiera hablar de los horrores de la inmigración y no pocas empresas se peleaban por convertir el rostro encogido de la niña en imagen de sus marcas.

Incluso el gobierno del país donde Ana Agravia y su familia habían nacido se ofreció, cuatro días después de la aparición del video que grabara la enfermera, a pagar todos los gastos que generara la recuperación y posterior repatriación de la pequeña de cabeza diminuta, a quien, por otra parte, la opinión pública empezaba poco a poco a olvidar: a nadie parecía importarle una inocente. El primer mandatario de la nación vecina, además, no dudó en prometerle a Ana Agravia un futuro promisorio: *será acogida por una de nuestras mejores familias… lo difícil será elegir una entre todas las estirpes ilustres que se han ofrecido a adoptarla*, aseveró el político y sus palabras fueron reproducidas por las cadenas televisivas y radiales de nuestro país, aunque ya sin mayores cuotas de audiencia.

Justo entonces, al abogado defensor que le había sido asignado por oficio a Ana Agravia —hombre menudo que con tristeza sentía cómo los focos le retiraban su halo caprichoso con el pasar de los días y con la vuelta de la nación a su normalidad— se le ocurrió convocar a una conferencia de prensa, en la cual anunció otra conferencia de prensa: la pequeña niña microcéfala iba a agradecer a la nación su cariño y apoyo. Además, aprovecharía el momento para despedirse de los mexicanos, antes de ser repatriada a su país de origen. Lo que nadie podía imaginar era que esta conferencia, la segunda, sería el suceso que volvería a poner a Ana Agravia en el centro del debate, desatando, de nueva cuenta, las dudas y sospechas entre la opinión pública.

Unas dudas y unas sospechas que en apenas unas horas se transformaron en acusaciones y sentencias. El problema, extrañamente, no fue lo que Ana Agravia dijo ante los medios, diecinueve días después de la matanza acaecida en El Amparo, sino el hecho mismo e indiscutible de que ella, la pequeña microcéfala, fuera capaz de decir algo. Que fuera capaz de expresarse. O en otras palabras: que la discapacitada no fuera en realidad discapacitada. Y es que aunque nadie había confirmado lo anterior, la opinión pública se sintió desengañada: *cómo que no es idiota esta pendeja,* fue la reacción mayoritaria de los ciudadanos que vieron aparecer a la niña en sus pantallas y que la escucharon hablar como habría hablado uno de ellos.

En efecto, la microcéfala era capaz de pensar y de transmitir sus ideas. Y si era capaz de pensar y de transmitir sus ideas, ¿por qué no sería capaz de planear un asesinato y de llevarlo a cabo? *¡Hipocresía! ¡Engaño! ¡Argucias!* La gente, sin importar de nueva cuenta su condición, origen o destino, gritaba enardecida y expresaba su rabia en todos los lugares en los que se hallara: privados, públicos o electrónicos. Y otra vez, en cuestión de apenas unos días, la pobre niña desvalida se convirtió en una asesina fría y calculadora; la extranjera abandonada a su suerte, en una invasora que traía con ella el mal, el odio y la violencia a nuestras tierras, y la entrañable huerfanita, en despiadada parricida.

Para colmo, al verla de cerca, en las pantallas de sus televisores y en las de sus computadoras, la opinión pública, al igual que los expertos y los conductores de los principales noticieros, descubrió que aquello que había visto en Ana Agravia no eran moretones ni heridas ni quemaduras: las manchas en la piel de la pequeña eran consecuencia del vitiligo. *¡Hija de puta! ¡Mira que querer-*

nos conmover con sus mentiras! ¡Es una embustera! ¡Intentó pasar por accidente el estigma de su cuerpo! Pocas cosas asustan tanto a los seres comunes como los males que advierten un fantasma en sus iguales. *¡Lleva la muerte en la piel! ¡No puede ser sino malvada! ¡Cómo pudo engañarnos!*

Los niños con vitiligo son particularmente envidiosos, violentos y necesitados de atención, viven obsesionados con el sexo, declaró un famoso artista, cuya madre había sido violada por un vecino destintado, en el mismo noticiero en el que, instantes después, una cantante de moda aseguró: *el horror que me producen sus manchas es consecuencia del horror que sentí al ser secuestrada por una banda de satánicos cuyo líder padecía esa misma enfermedad del diablo.* Por su parte, el conductor del noticiero, tras asegurar que había documentado su opinión con la de varios expertos, aseveró, mirando fijamente a la cámara: *un niño con microcefalia es perfectamente capaz de hacerle daño a otro ser humano e, incluso, de llevar a cabo actos motivados por lo que conocemos, comúnmente, como "el mal".*

Piensen si no en los hombres más perversos de la historia: Carlos V, Napoleón, Hitler, todos tenían cabezas pequeñas, remató el conductor que convertiría a Ana Agravia, nuevamente, en su tema central durante los días siguientes. Días en los que la opinión pública, los expertos y los medios en general terminaron por unificar su dictamen y la pequeña microcéfala, además de convertirse en el centro de todos nuestros odios, volvió a ser recluida en su cuarto del hospital municipal de Santo Tomás, resguardada ahora por cuatro soldados que le temían incluso más de lo que ella les temía a ellos y que se negaban, al igual que los doctores y enfermeras, a explicarle lo que estaba sucediendo.

Hacia el día veintitrés, cuando el cuarto del hospital donde Ana Agravia había sido encerrada ya era una celda a la que nadie tenía acceso y de la que habían sacado el televisor y los regalos que otrora le hicieran llegar a la pequeña, el presidente de su país de origen volvió a aparecer en cadena nacional. Pidió disculpas a los ciudadanos y al gobierno del país vecino —donde su mensaje ya ni siquiera fue retransmitido— y le encargó a sus autoridades que aplicaran, sobre la niña de cabeza diminuta, todo el peso de sus leyes.

Así fue como el gobierno nacional, que no había apuntado todavía hacia ningún otro sospechoso por la matanza de El Amparo, acusó formalmente a Ana Agravia y apuró todas sus instancias para que el juicio tuviera lugar lo antes posible y para que su dictamen se anunciara de forma expedita, aprovechando, además, que el caso había perdido, otra vez, casi por completo la atención de la ciudadanía: a nadie parecía importarle una culpable.

Pero de esto, del juicio y de la pena: catorce años de prisión, sin reducción posible de condena, ya he hablado antes. Así que no me queda más que contarles que Ana Agravia será esta misma tarde trasladada a su celda, sin presencia alguna de la prensa y sin que nadie quiera ya saber de ella pues en algún lugar, al parecer del norte del país, han nacido dos niños pegados.

Sólo importa
que lo arreglen

Sujetando el bulto húmedo y tibio, que se amolda a sus manos como si hubiera sido diseñado para estar en medio de éstas, Alfonso gira la cabeza y busca en todos los rincones. Pero tampoco es que éstos, los rincones de su casa, sean tantos.

Date prisa, Alfonso, oye que le dicen desde el suelo y los nervios, que hace rato se adueñaron de sus brazos, descienden por primera vez hacia sus piernas. *Ya voy, mujer, estoy buscando,* responde echando a andar al cuarto en donde duermen sus dos hijas, desentendidas por completo de los ruidos de la última hora y media.

Recargadas en la puerta, sobre el firme que hace un mes echaron él y sus cuñados, yacen las mochilas de sus niñas. Respirando aliviado y apretando el bulto entre su pecho y el más torpe de sus brazos, Alfonso libera la más hábil de sus manos, inclina el torso, alza del suelo la mochila cuyo cierre advirtió abierto, la voltea y sacudiéndola vacía su contenido.

Ándale, Alfonso, tienen que arreglárnoslo lo más pronto posible, oye que otra vez lo apura su esposa y es así que mete al niño en la mochila, se echa ésta a la espalda y vuelve hasta el lugar donde Constancia, desmadejada y dolorida, vence a la amenaza del desmayo. *También a ti van a arreglarte,* afirma Alfonso obligándose a esbozar una sonrisa, levantando a su mujer y acunándola en sus brazos. Luego sale hacia la calle, donde escucha el rumor de una sirena.

Antes de abandonar el terreno que hace casi cuatro años invadieron él y su familia, Alfonso se detiene sorprendido: un vendaval inusitado recorre la tierra. El viento trae consigo tanta rabia que sus golpes estremecen a Alfonso de una forma que no puede comparar con nada previo y que los hombres y mujeres de los cerros que rodean la gran ciudad habrán de recordar por mucho tiempo. *Déjame y vete a que lo arreglen, Alfonso, no es normal que no nos llore.*

Ya te dije que aquí no vas a quedarte, responde Alfonso contemplando el revolverse enfurecido de la hierba que se alza en los linderos de su predio: *voy a llevarte a ti también o no irá nadie. No seas terco, Alfonso,* insiste Constancia pero su esposo ha echado a andar de nuevo y ha llegado hasta la calle, donde el viento aúlla como si alguien lo hubiera lastimado y, vengativo, arrasa con las cosas que a su paso va encontrando. Viene además cargado de piedritas, varas y basuras. Y para colmo baja de lo alto de la loma.

Girando el rostro hacia la cima de su cerro, Alfonso busca entre los muros de ladrillo, láminas y lonas, entre los esqueletos de los coches, los tinacos y el ejército erguido de varillas un espacio que lo deje observar el edificio que anhela. El mismo del que antes los echaron porque no era todavía hora: *váyanse a su casa que les falta y aquí estorban.* La forma serpenteante de la calle, sin embargo, no permite que Alfonso alcance a ver la clínica que el Sindicato de Trabajadores de la Basura inauguró hace dos años y medio.

Confiando en su memoria para no extraviarse en su ascenso, Alfonso aprieta los dientes, inclina el torso levemente y echa a andar contra el fuerte vendaval que lo golpea. Pero además de su coraje, el viento arrastraba tras de sí un espeso olor a cosas fermentadas, plásticos quemados y animales descompuestos. Envuelto en un tornado de humo, Alfonso tose y se asfixia con sus mocos y sus babas. Entonces se detiene y jadeando escucha a Constancia: *en serio no estés de atestado, Alfonso.*

Voy a llevarte a ti también o no iremos ninguno hasta allá arriba, promete Alfonso pero en los fondos de su alma algo se quiebra: al mismo tiempo que renuncia a la clínica que se alza en lo más alto de la loma, piensa, por primera vez en todo el día, en dejar a su mujer ahí donde se hallan. Al instante, encabronado consigo mismo, niega con el cráneo, vuelve el rostro al otro lado, observa los caminos que descienden a los barrios de esa gente que es distinta, contempla en la distancia el hospital que brilla allá como una perla bajo el agua y apretando la quijada echa a andar colina abajo.

Qué estás haciendo, Alfonso, qué tontería, suelta Constancia cuando entiende lo que pasa pero Alfonso, que va lanzado hacia delante por las ráfagas del viento, ignora a su mujer y aprieta aún más sus pasos. Tras estar a punto de caer en una zanja, Alfonso avanza a brincos varios metros y así llega hasta las calles asfaltadas. Donde la furia del viento es la misma pero no trae consigo ni piedras ni trozos de basura ni ese hedor que agarra allá en los basureros. Y donde el rumor de la sirena que no ha dejado de escucharse se intuye cada vez más cerca.

Qué tontería estás haciendo, Alfonso, no van a dejarnos, suelta Constancia con la voz vuelta un hilito, en el instante en que sus ojos ven un semáforo meciéndose sobre ella. Pero Alfonso, atento únicamente al peligroso latigueo de los cables y al retumbar de cada uno de los postes que atestiguan su gran marcha, vuelve a ignorar a su mujer y apura el paso cuanto puede, observando en la distancia, por primera vez, esa patrulla que no calla y cuyos tres pasajeros miran a lo lejos a este hombre que en los brazos lleva a una mujer y que en la espalda carga una mochila.

¿Qué hacen ésos aquí abajo?, pregunta el oficial que conduce la patrulla, encendiendo el motor y observando de reojo al copiloto, que conversa con el civil echado en el asiento trasero. *¿Vieron dónde se metieron?*, inquiere, segundos después, el chofer de la patrulla, pero su voz no halla respuesta. Ninguno de ellos vio a Alfonso en el momento en que él giró, desvió su andar en una bocacalle, echó a correr manzana y media y alcanzó así la avenida, donde las ramas de los árboles más altos crujen como barcos de otro tiempo.

Cuando el rumor de la sirena vuelve a quedar lejos, Alfonso calma el ritmo de sus pasos y jadeando se decide a cruzar la avenida. Pero uno de los árboles más altos se inclina y arrastrando tras de sí un estallido insoportable hace saltar la tierra que hace nada sepultaba sus raíces. Deteniéndose asustado, Alfonso ve azotar el árbol contra el suelo que iban a pisar y al instante escucha el súbito estallar de las alarmas de los coches. Entonces vuelve el rostro sobre el hombro, observa su mochila, vuelve la mirada hacia su esposa, la aprieta con coraje y gira encima de sus pies una, dos, tres vueltas.

Es hasta ese momento que Alfonso se da cuenta de que están solos en la calle, que no hay nadie más afuera de sus casas, que si alguien los observa debe hacerlo a través de una ventana. O a través de las ventanas de esta patrulla cuyos pasajeros otra vez dieron con ellos a lo lejos: *¿qué hacen fuera de sus barrios… por qué no están ahora en su casa?* Horas antes, el viento había llevado al gobierno a ordenar que la gente se quedara encerrada, a decretar la suspensión de clases y trabajos y a imponer la interrupción de los servicios de transporte.

Escuchando las alarmas, el jadeo desesperado de su esposo y el acercarse del clamor de la sirena, Constancia aprieta los brazos de Alfonso con la fuerza que aún le queda entre los dedos y suplica: *déjame aquí, Alfonso, por amor de dios ponme en el suelo.* Luego abre los ojos un instante y clavando las suyas en las pupilas de su esposo, añade: *lo que importa es que lo arreglen. A ver si de una vez te callas, mujer,* responde Alfonso y dando un par de vueltas más encuentra en la distancia el hospital que lanza al cielo su azulada luz de plata.

Echando a andar sus piernas nuevamente, Alfonso ignora el rumor de la sirena que se acerca y decidido a cortar un trozo de camino se aventura a atravesar el campo de futbol donde se alza un remolino y donde apenas entrar ellos todo queda entre penumbras: se han apagado los semáforos, los faros de los postes, los edificios y las casas. Sacando fuerzas de sus miedos, Alfonso apura aún más sus pasos, cruza el campo de futbol, adivinando su camino entre las sombras, larga un par de calles más a tientas y así llega hasta la orilla del gran parque.

Justo en ese instante lo sorprende un ruido infernal y tras girarse hacia su origen encoge el cuerpo asustado y deja caer a Constancia sobre el suelo. En las alturas, el enorme letrero de metal que anuncia un alimento para perros crepita aún más fuerte que antes. Entonces el ventarrón enloquecido termina de arrancar el viejo anuncio de su frágil celosía de barrotes y tornillos retorcidos y lo expulsa hacia la tierra como avienta uno un papel a un basurero.

Es un milagro que la enorme hacha de fierros, que degüella un poste de luz, rebota en el asfalto y termina atorándose en los árboles del parque —presumiendo su leyenda: "porque los quieres como si fueran tu familia, debes darles lo mejor"—, no alcance a Alfonso ni al bebé que viaja en la mochila ni a Constancia, quien tendida sobre el suelo y escuchando cómo se acerca la sirena le suplica a su marido nuevamente: *en serio llévatelo, Alfonso, a mí déjame nomás aquí un ratito.*

No seas empecinado, Alfonso, lo que importa es que lo arreglen, que le saquen a él ese silencio que trae dentro, insiste Constancia aferrando sus dedos a una coladera destapada. Con los ojos inyectados, Alfonso sacude la cabeza, se golpea los parietales y asintiendo inclina el cuerpo, besa la frente de Constancia, siente cómo el viento va secándole las lágrimas y por fin echa a correr entre las sombras, internándose en el parque y observando entre las copas de los árboles la luz de ese hospital que brilla como un faro.

Burlando árboles, arriates, bancas, basureros y arbustos, Alfonso escucha la sirena nuevamente pero no piensa en ésta ni tampoco en el enorme hospital que cada vez está más cerca: no consigue sacar de su cabeza a Constancia ni consigue olvidar las últimas palabras que gritó ella, cuando él corría alejándose del sitio en que cayera: *ándale, Alfonso, pídeles a ésos que le saquen ese frío que nos lo calla.* Arrepentido de haberla abandonado, Alfonso se detiene y duda un breve instante.

Y es este mismo instante el que aprovecha el hombre que de pronto emerge de las sombras para golpearlo en la cabeza con un palo, arrancarle la mochila y echar a correr sobre el camino de tezontle que serpentea sin sentido aparente por el parque. Levantándose del suelo con las fuerzas que le quedan, Alfonso trastabilla un par de pasos, araña el espacio, más que gritar ruge un lamento primigenio y sin saber cómo lo hace echa a correr detrás del hombre.

Y poco a poco va a acercándose a su presa. Y está a punto de alcanzarlo cuando llegan a la calle. Pero el hombre aborda la patrulla que lo estaba ahí esperando. Y Alfonso observa cómo ésta arranca y cómo se aleja para siempre. Entonces, desplomándose vencido sobre el suelo, Alfonso araña el asfalto y por un instante olvida el rumor de la sirena, los golpes que le sigue dando el viento y a Constancia. Como si ya estuviera muerto.

La tempestad
que llevan dentro

Mis novias sólo le caían bien cuando eran mis exnovias, murmuró Madero y su voz sonó casi como un grito, sobresaltando al resto de hombres y mujeres que, al igual que él, esperaban que alguien viniera a informarles: *el muy cabrón las empezaba a querer cuando yo no podía quererlas.*

Bienvenido a mi vida, soltó Segovia, cambiándose de asiento para que su madre no escuchara sus palabras: *eso me hizo a mí con... eso me ha hecho a mí con todo, quiero decir, su obsesión fue siempre juzgarnos. Pero me da igual*, añadió volviendo el rostro hacia Madero, que había quedado a su izquierda: *lo único que quiero es que se salve... que mi hermano vuelva a ser el mismo.*

O no. No exactamente el mismo. Si pueden arreglarlo un poquito no voy a quejarme, sumó Segovia forzando una sonrisa que Madero encontró lastimera. Por eso dijo, bajando más el tono: *tu hermano no tiene arreglo. A menos, claro, que lo devuelvan en coma*, añadió sonriendo, con una sonrisa que parecía venir de muy adentro: *calladito igual y hasta nos quiere.*

No se confíen. Yo lo escucho todo el día, intervino de pronto Rangel, metiendo la cabeza entre Madero y Segovia: se había sentado detrás suyo y apenas ahora descubrían que ahí estaba. *También ha hecho un arma del silencio. Un arma de destrucción por agotamiento e indiferencia*, agregó intentando sonreír pero sus ojos se empañaron al evocar de nuevo el rostro de su novio: *mejor que lo mejoren de otro modo... mudo no voy a aguantarlo.*

Que le pongan una máquina de toques en la lengua, soltó Madero, entre nervioso y divertido, pero buscando en el fondo que los ojos de Rangel no se desbordaran: *una máquina que le sacuda la quijada, la cabeza entera cada vez que diga algo que no le hayan preguntado. O cada vez que necesite decir algo pero elija no decirlo,* añadió Rangel, sonriendo por primera vez en todo el día: *cada vez que en lugar de discutir se encierre en su coraza.*

Viviría dándose toques todo el día, aseguró Segovia, imaginando uno de esos dibujitos animados que entre un calambre y otro enseñan su esqueleto. Después, sonriendo nuevamente y a pesar de no desearlo, agregó: *aunque si ya lo van a abrir mejor que se la pongan más adentro, en el cerebro, que la máquina de toques lo sacuda desde antes.*

Eso es, intervino Madero: *que lo cimbre cada vez que se le ocurra una idea de ésas donde siempre terminamos atrapados. No: antes incluso de que formule una idea. No pasaría ni un segundo sin que él sintiera una descarga,* aseguró Rangel fingiendo un ataque de epilepsia y los tres rieron de golpe.

Un instante más tarde, sin embargo, el mejor amigo, el hermano y la novia del mayor de los Segovia dejaron de reírse y se sumieron nuevamente en la ansiedad y por primera vez en una extraña forma de la culpa, una culpa que sobre ellos echaron las miradas de la madre, el padre y la hermana pequeña del que estaba siendo, en ese momento, operado.

Cuatro horas antes, mientras cumplía con uno de los tantísimos rituales que se había impuesto a sí mismo: andar una hora exacta en bicicleta, perseguido por su pastor alemán de orejas caídas, el mayor de los Segovia, Alberto, fue alcanzado por un quiebre en la fortuna. La misma fortuna que él había intentado siempre —pensando, especulando, teorizando— mantener a raya de sí mismo.

Tras cruzar la avenida Niños Héroes, Alberto, cuyo día había planificado hasta decir no puedo más —fornicaría con Rangel veinte minutos, ingeriría el licuado de todas las mañanas, revisaría negativos media hora, leería la prensa en el camión y llegaría puntual a su revista—, circulaba por la calle Providencia cuando, sin aviso previo y sin que él, que todo lo advertía, reconociera las señales, un par de hombres presumieron sus fusiles a la calle.

Lanzándose al suelo, Alberto olvidó por una vez —en cualquier otra circunstancia no se lo hubiera perdonado— su bicicleta de montaña, apretó a su perro entre sus brazos y se encogió volviéndose uno con la bestia, que entre todas sus querencias ocupaba el más alto peldaño. Luego jaló una larga bocanada, teorizó un millar de explicaciones, apretó todos los músculos del cuerpo y entrecerró después y casi por completo sus párpados, reconociendo que aquello que sentía se parecía bastante al miedo.

Antes de escuchar tronar los tiros, Alberto alcanzó a ver que al otro lado de la calle ya eran más los hombres que sacaban sus metrallas y cerrando por completo sus ojos imaginó que no era él quien ahora estaba allí tirado, que era otro al que le estaba pasando eso: su hermano, igual su novia, mejor aún ese demente de Madero, su viejo amigo. *¿Qué estoy pensando?*, se dijo Alberto: *mejor mi madre: esa gorda come mierda. O mi hermanita: ¿para qué sirve esa niña inútil?*

Lo que siguió fue todo confusión, frenesí, demencia pura: exactamente aquello ante lo cual Alberto había luchado siempre: no soportaba que las cosas se salieran de su sitio, que los asuntos no acontecieran como él había predicho, que alguien leyera el mundo de una forma diferente a la suya. *Jodida vida,* soltó el mayor de los Segovia: *tendría que estar aquí mi padre. Sería su sueño,* añadió soltando, sin quererlo, a su perro, que corrió despavorido hacia la esquina. Entonces relajó todos los músculos del cuerpo. Había sido alcanzado por el fuego.

El mismo fuego que destrozó las puertas y fachadas, que agujereó los autos olvidados en la calle, que reventó las cristaleras de un par de negocios. La metralla que redujo a un amasijo de tendones y de cueros a otros seis transeúntes, que abarató a los bandos que habían llegado allí para dejar en paz sus cuentas y que desmembró al par de niños que salían de su casa acompañados de su padre.

El metal que calló después de pronto: para que el testimonio de su rabia fuera disipándose en el aire, para que se asomaran los vecinos y vinieran las patrullas y ambulancias. Para que los heridos fueran trasladados y los muertos embalados, sin que nadie se tomara la molestia de contarlos.

El problema no han sido las balas, explicó el doctor Pelayo cuando al fin apareció en el pasillo de la Clínica 18: *ninguna alcanzó los centros vitales de Alberto,* añadió ante la mirada ansiosa y preocupada de Madero, Rangel y la familia Segovia: *el problema es ahora un fragmento.*

Una ojiva que entró por su garganta y se alojó entre el cráneo y la quijada, continúo el doctor y fue así, al tiempo que Madero, Rangel y Segovia se sentían miserables por haberse estado riendo, que puso a contraluz una radiografía, intentando ser lo más claro posible: *ésta es la ojiva de una granada de fragmentación, está atorada entre el maxilar y la base del cráneo. Por eso no ha estallado todavía. Es un milagro. Está activa pero el cuerpo de Alberto la mantiene silenciada,* expuso el doctor Pelayo, señalando con su pluma el percutor del explosivo que el lanzagranadas había escupido al mundo: *nos ha costado pero hemos conseguido acercarnos. El problema ahora es sacarla sin que estalle,* concluyó guardando la radiografía en su sobre y dándose la vuelta.

En cuanto tenga más noticias volveré para informarlos, se despidió a varios pasos del lugar donde había hablado y donde la madre de Alberto volvió el rostro hacia su esposo, aferrándose a sus brazos para no caer sobre el suelo. *¿Nuestro hijo tiene una bomba en la cabeza?,* preguntó entonces la mujer. *Eso parece,* respondió el padre de Alberto, a punto él también de derrumbarse. Madero, por su parte, abrazó a los dos señores y ayudándolos a andar los devolvió hasta sus asientos.

Ya verán que sale de ésta, soltó después Madero mecánicamente y sin apenas darse cuenta de que había hablado giró el cuerpo, descubriendo así que sus piernas y manos temblaban. En ese momento vio a Rangel y a Segovia y sin pensarlo echó a andar hacia ellos: *no sé ustedes pero yo quiero un cigarro,* dijo en voz baja y apuntando, con un leve chicoteo de la cabeza, hacia la puerta de cristal que unía al mundo con las Urgencias.

Instantes después, Madero, Rangel y Segovia atravesaron en silencio y cabizbajos los jardines de la Clínica 18, erigida hacía veinte años. Tan pesado se iba haciendo el cielo encima de ellos y tan hondo el suelo a cada paso que avanzaban, que Madero, otra vez de forma maquinal y sin cobrar consciencia de las palabras que emergerían de sus labios, soltó: *pues parece que al final la maquinita no iba sólo a darle de calambres.*

Rompiendo en carcajadas, Segovia y Rangel detuvieron su avanzar, se abrazaron a Madero y así, formando entre los tres un solo cuerpo, se quedaron inmóviles un rato. No se soltaron hasta que Rangel aseveró: *pensé que sería a mí a la que haría que le estallara la cabeza.* Riéndose de nuevo, encendieron cada uno un cigarro y fumaron en silencio, sonriéndose unos a otros cada tanto y cada tanto, también, recordando cada uno alguna escena en la que Alberto gobernara sus memorias.

Cuando por fin tiraron las colillas, Madero volvió a sentir que sus entrañas le exigían abrir la boca. Y siendo por primera vez consciente de lo que iba a decir, sin asomo de bromas, aseveró: *yo que pensaba que éramos... que le hacíamos a él de bombas. Se los digo en serio, aquí y ahora,* añadió Madero endureciendo el gesto de repente: *siempre creí que nos usaba para hacer que algo estallara, que explotara lo que él quería hacer que volara por los aires. Lo que él no se atrevía.*

En la escuela, en la vida, en el trabajo, confirmó Rangel apretando la quijada y relajando un poco el vientre. *Yo también lo digo ahora y más les vale que jamás me lo recuerden,* sumó la novia del mayor de los Segovia, amenazando a su cuñado y a su amigo y apretándose las sienes con las palmas de las manos: *una vez hasta lo dijo, borracho pero no completamente: en la vida uno debe conformarse con la pieza que le toca. Ustedes tres son como peones, a mí me toca utilizarlos.*

A ti ya te había contado. No lo que había dicho tu hermano exactamente pero ya te había advertido, soltó Rangel volviendo el rostro, tan demudado como pálido, hacia el lugar en donde estaba su cuñado, quien no podía dejar de verse las manos y quien, tras un par de segundos, respondió casi gritando: *¿en serio crees que me hacía falta, que no sabía eso desde antes, que no viví así cada día de mi existencia?*

Crecí con él... con mi hermano, insistió el menor de los Segovia apretando los puños pero bajando al mismo tiempo el tono añadió: *viví a su lado muchos más años que nadie. O más bien a su costado. A veces eso es lo que pienso,* explicó relajando las manos, sacudiendo la cabeza y encendiendo otro cigarro: *a veces eso es lo que siento. Que mi hermano intentó hacerme eso que hacen esos fetos que se comen poco a poco a su gemelo.*

Cuando aventaron, otra vez al suelo, las colillas de sus cuartos cigarros, fumaban con más prisa que ansia, el menor de los Segovia, Rangel y Madero, quienes se habían sumido en sus silencios hacía ya un largo rato y se habían de nuevo extraviado en sus recuerdos, encaminaron su regreso hacia la entrada de la Clínica 18. Sobre ellos el cielo era aún más pesado que antes, el suelo parecía ser más hondo y en sus recuerdos la imagen de Alberto parecía estarse dividiendo en uno, dos, tres, cuatro Albertos.

Antes de llegar de nuevo a Urgencias, a diez metros del enorme reguilete de cristales, Madero detuvo en seco el ritmo de sus piernas, giró el rostro hacia su izquierda, observó a sus dos acompañantes un momento, tartamudeó y finalmente se excusó, tropezando unas con otras sus palabras. Luego, dándose la vuelta y apurando su alejarse, remató: *yo ahí ya no vuelvo.*

Creo que yo... yo tampoco entro, anunció Rangel apenas echó a andar de nuevo, emergiendo así de su memoria y asimilando, tanto y tan profundamente que de golpe ya eran suyas, la prisa, la fuga y la sorpresa de Madero. Tomando de las manos al menor de los Segovia, Rangel quiso explicarse pero eligió al final apretar fuerte sus labios y dar después la media vuelta.

Dales besos a tus padres, soltó Rangel tras avanzar algunos metros, sin volverse, sin embargo, para ver así a Joaquín y que a su vez pudiera él verla. Las lágrimas que otra vez habían empañado sus ojos ya eran sólo asunto de ella. *Cuida mucho a tu hermanita, cuñado. Cuídalos mucho a todos,* murmuró Rangel aún más lejos, cuando estuvo convencida de que nadie la escuchaba.

Tras quedarse solo e ingresar así al edificio de Urgencias, el menor de los Segovia entró al baño, donde no orinó ni lloró ni cagó ni se echó agua en el rostro. Ni siquiera se miró a sí mismo en el espejo. Para qué habría de hacerlo. Algo podría si no haber estallado dentro suyo.

Fue el ruido de un escusado tragando lo que devolvió a Joaquín al mundo y lo llevó de vuelta a los pasillos de la Clínica 18, donde muy pronto observó al doctor Pelayo. Incapaz de dirigirle la palabra al médico que pronto avanzaba a medio metro de sus pasos e incapaz también de emerger de sus recuerdos, el menor de los Segovia se limitó a seguirlo por uno, dos, tres, cuatro pasillos, siguiendo al mismo tiempo, en las profundidades de su mente, al Alberto que mandaba en sus recuerdos.

Sacudiendo la cabeza, golpeándose luego los cachetes, y entregándole toda su atención a las voces que emergían de todas partes y a la música que igualmente llenaba el espacio, Joaquín logró escapar del mundo a punto de explotar en el que estaba y logró también salir de su memoria. Entonces el menor de los Segovia vio otra vez la espalda de Pelayo, justo cuando estaban ellos dos llegando al lugar donde sus padres y su hermana aguardaban.

Apurado, Joaquín adelantó por la derecha al médico y dijo: *¿sabe algo... algo más sobre mi hermano? Hay un problema,* respondió el doctor reuniendo a los que todavía quedaban en la sala: *hemos liberado la ojiva de la base de su cráneo y su quijada, pero ahora hay que extirparla. ¡Pues sáquensela de una!,* interrumpió el padre de Alberto.

Ése es el problema. Nos informaron que si explota podría volar hasta seis metros, explicó Pelayo, bajando un poco el tono con que hablaba: *no hay ni un cirujano que se atreva. Nadie quiere arriesgarse. ¡Hijos de puta!,* interrumpió esta vez la madre de Alberto, incapaz de contener su ira y sus temores.

Tienen que entenderlo, se disculpó el doctor, bajando más y más el tono: *yo no puedo obligar a mis doctores, poner en riesgo así a mis enfermeras. Pero si saben,* susurró haciendo con su voz un hilo apenas: *si saben de alguien, si uno de ustedes... si entra alguno ahí cuando ya sólo haya que.*

Las siguientes palabras que pronunció el doctor Pelayo no se escucharon. O quizá no fueron pronunciadas. Lo había interrumpido la risa del menor de los Segovia, quien había vuelto, en su memoria, a caminar un par de pasos por detrás de su hermano: él iría a sacar la ojiva, le devolvería él la tempestad que llevan dentro.

Una lúgubre satisfacción

Mario sintió el dolor de nuevo durante la noche. Se había acostado agradeciendo al ibuprofeno pero pasadas las dos de la madrugada abrió los ojos, apretó los dientes y se llevó las manos al estómago.

Tras buscar en vano una postura que calmara sus dolores, decidió levantarse de la cama e ir al baño. Avanzó entonces un par de pasos pero tuvo que apoyarse en la pared para no caer sobre la alfombra, herencia de uno de los negocios que su padre había quebrado.

Aspirando y exhalando por la boca —vomitaba el aire entremezclado con partículas de baba—, Mario juntó la fuerza que quedaba en sus entrañas, se acercó a la puerta de su cuarto y alcanzó el pasillo de la casa pero no logró encender la luz. Las piernas dejaron de aguantarlo y aunque quiso asirse con las manos al librero terminó por desplomarse sobre el suelo.

El estrépito de su caída, de los libros que se despeñaron encima suyo y del adorno de cristal que estalló en pedazos al contacto con el suelo —viejo reconocimiento que le diera a su padre un dictador con el que había intentado hacer negocios—, inquietó a los perros en el patio y despertó al resto de la casa.

¿Ahora qué?, se preguntó el padre de Mario mientras la madre, recostada al otro lado de la cama, encendía la luz de su buró, se cubría el pecho con la colcha, apuraba

al viejo a levantarse y le rogaba descubrir qué sucedía. *¿Por qué se oyó eso en el pasillo? ¿Por qué ladran los perros? ¿Por qué grita de esa forma Manuelita?*

Chingada madre, ¿ahora qué pasa?, volvió a preguntarse Emanuel y atándose el listón de la bata buscó a tientas sus pantuflas. Luego de encontrarlas, echó a andar hacia el pasillo pero un segundo antes de salir volvió el rostro a su esposa y a su hijo más pequeño —Ramiro había asomado hacía un instante la cabeza entre las colchas—: *cómo eres pendeja, la que grita así es Julieta.*

En el pasillo, Emanuel encendió las luces que Mario no había alcanzado y preguntándose otra vez: *¿ahora qué mierdas sucede?*, observó en la distancia a su primogénito caído, sus libros de medicina regados por el suelo, su reconocimiento destrozado y a Raquel —no era Manuelita ni tampoco era Julieta— gritando a voz pelada.

¡Cállate y ve a callar los perros!, increpó Emanuel atravesando el pasillo, donde otras dos puertas se abrieron. *¡Y llévate a este par de idiotas… no los quiero aquí mirando!*, añadió enseguida, señalando la escalera que en segundos se tragó a Raquel, José y Julio. Para entonces los perros ya se habían calmado y las luces de la casa estaban todas encendidas.

Algo me decía que no sería un dolorcito de barriga, pensó Emanuel esbozando una sonrisa y acercándose a Mario hizo a un lado los vidrios y los libros —había dejado la carrera tras nacer Josefa, primera de sus niñas y segunda de su estirpe—. *¿Qué mierdas te pasa?*, preguntó intentando sentar el cuerpo de su hijo, que le pesó aún más que siempre. *Me duele… me duele mucho aquí abajo,* respondió Mario con una voz que se iba deshaciendo en madeja.

Si no me ayudas yo no puedo, advirtió Emanuel tras un par de segundos, agarrando las manos casi heladas de su hijo. *En serio tienes que poner tú de tu parte,* insistió contemplando el rostro lívido de Mario y echando del suyo la sonrisa. Acicateado por los nervios, Emanuel clavó las manos bajo las axilas de su primogénito, que recién había empezado a sudar copiosamente. *No me aguantan... las piernas se me doblan,* susurró el enfermo abriendo los párpados.

Desviando la mirada, Emanuel rompió el contacto con aquellos ojos que observara por vez primera hacía diecisiete años. *¡Puta mierda!,* pensó pero a pesar de que su nerviosismo iba en aumento, lo seguía gobernando su coraje: *¡va a ser otra noche en blanco!,* murmuró viendo un momento la pared contra la cual yacía su primogénito. Ahí estaban los diplomas de Mario, Josefa, Manuelita, los dibujos de Raquel y Carlos, la medalla del concurso de oratoria de Julieta, las del futbol de José y de Julio, las huellas de los pies de Anita, Ramiro y Pedro y la enorme cruz que sus suegros le trajeron días después de que muriera Pablo, su angelito.

¡Qué pinche envidia estar donde estés ahora!, pensó Emanuel evocando la cabeza deforme pero hermosa de Pablito y observando la cruz que sólo le significaba un millón y medio de conflictos y rencores con sus suegros —su religión era y sería siempre otra—. Sintió hervir sus entrañas. Luego esbozó una segunda sonrisa pero muy pronto lo embargó la culpa y devolviendo a Mario su atención endureció el gesto de golpe: *tú nomás apoya bien las piernas, yo te jalo y te levanto.*

Mientras el padre intentaba convertirse en la palanca de su hijo, en la boca de la escalera reaparecieron Raquel,

José y Julio. *¡Váyanse a sus cuartos. No, tú no, tú quédate y ayúdame a poner en pie a tu hermano!*, ordenó Emanuel clavando en Julio sus dos ojos. Y tras hacer un par de intentos vanos, al tercero: *¡jálale ahora el brazo!*, el padre y el hermano consiguieron despegar del suelo a Mario y sostenerlo en el aire, como si se tratara de un borracho.

Agárralo bien fuerte, vamos a bajarlo y a meterlo en el coche, mandó Emanuel y dándole después más órdenes a Julio encaminaron sus andares al primer piso de la casa. *Como lo sueltes y se caiga vas a ver la que te toca,* amenazó el padre en mitad de la escalera y fue tal vez por esto que en el centro de la sala, a varios metros de la puerta, Julio tropezó, soltó el cuerpo de su hermano y los tres cayeron sobre el suelo.

Antes de que Emanuel estallara en gritos y amenazas, la situación descubrió un extraño imprevisto: el golpe contra el suelo de cantera —una cantera verde como el moho del pan pasado y con la que su padre había querido alguna vez construir mesas— espabiló a Mario y le inyectó una rara fuerza momentánea. Una fuerza que lo hizo levantarse y continuar él solo su camino rumbo al coche.

Afuera, uno tras otro, las seis perras y los dos perros —salvo el pastor que un día encontrara herido en la calle, todos eran mastines tibetanos: Emanuel había querido incursionar con éstos en la crianza y venta de cachorros— se acercaron a Mario, lo rodearon, lo olisquearon y uno tras otro fueron siguiendo sus pasos, silenciosos pero alertas.

Hijo de puta, pensó Emanuel sonriendo y antes de echar a andar detrás de Mario giró el rostro: *devuélvete allá arriba y dile a tu mamá… no, mejor dile que me fui al hospital así de una.* Julio, sin embargo, seguía observando a su hermano y a los perros alejarse en la distancia. *¿Qué chingados estás esperando?,* increpó el padre y levantando ambos brazos añadió: *¡corre, ve y dile que no sólo era la panza, que la llamo más al rato!*

Cuando por fin miró a Julio extraviarse en la escalera, Emanuel se dio la vuelta, cruzó la sala y antes de llegar hasta la puerta se detuvo: *¿dónde están las pinches llaves?* Al buscarlas, contempló la galería de sus esfuerzos, el museo de sus proyectos: restaurantes clausurados, importadoras cerradas, sociedades fallidas, hoteles quebrados, tiendas nunca abiertas.

Antes que aquel paisaje hiciera mella en él, Emanuel dio con las llaves de su coche: estaban encima del dragón de bronce que habría puesto a la entrada de la escuela de Kung Fu que ya no abrió porque nacieron Anita y Ramiro, sus gemelos. Sacudiendo la cabeza, tomó las llaves, acarició el hocico del dragón y dándose otra vez la vuelta aceptó: *no era que algo nada más me lo dijera, ya sabía que no iba a ser sólo la panza.*

Era mucho su dolor desde la tarde, no podía casi moverse, recordó Emanuel esbozando una nueva y pura sonrisa. *Y las piernas ya desde hace rato le temblaban,* añadió atravesando el umbral y contemplando el cielo, que las luces de la ciudad pintaban de ámbar; dejó que hablaran los fantasmas de su mente: *quizá sea ésta la oportunidad que yo esperaba.* Apartando a sus perros, apuró el ritmo y en silencio celebró: *va seguro a ser más serio, quizá tengan que buscar en sus riñones.*

O tal vez sea apendicitis, soltó Emanuel en voz bajita, brincando los columpios, rodeando el pasamanos y burlando la resbaladilla, que en lugar de estar en su jardín tendrían que estar en la sala de fiestas infantiles con la que soñó en serio hacerse rico: esa vez, sin embargo, su esposa también le anunció: *mejor otra vez a ahorrar que estoy de nuevo embarazada.*

Ante el coche, en cuyo asiento trasero se revolcaba Mario a consecuencia del dolor y de la fiebre, Emanuel giró el cuerpo y observó su casa un breve instante, observando al mismo tiempo cada uno de sus sueños incumplidos: ahí estaban todas las cabezas de su estirpe, asomadas cada una a su ventana. Saboreando las palabras que salieron de su boca, Emanuel repitió entonces: *¡como menos una apendicitis, van seguro a abrirlo!,* al mismo tiempo que en las fronteras de su mente confirmaba: *ha llegado, finalmente está aquí la oportunidad que yo anhelaba.*

¡Voy a hacerlo!, soltó Emanuel en voz bajita pero con una emoción que ni él podía creerse: *¡voy a hacérselo!,* repitió observando en la ventana de su cuarto la silueta de su esposa y recordando las imágenes que hacía un momento había observado en el pasillo de su casa: los diplomas, los dibujos, las medallas, las huellas y la cruz que le trajeron días después de que muriera su angelito. Apretó sus dos puños con fuerza. *¡Voy a hacérselo y no podrás pararme!,* añadió alzando el tono y abrumado abrió la puerta de su coche.

Vamos a ir al hospital para que veas, para que así me creas que no traes nada, anunció Emanuel prendiendo el coche, confundiendo a su hijo y volviendo hacia éste la cabeza sumó: *aunque quizá no sea que no traes nada, igual y sea algo grave. Pero no te preocupes, si traes algo vas a ver que allí te curan,* siguió enredando aún más a Mario y buscando ocultar la emoción que lo embargaba y que no debía mostrar a nadie.

Tras las ventanas de la casa, los hermanos y la madre de Mario observaron cómo el coche retrocedió en reversa un par de metros, cómo entró luego en la vereda de piedras, cómo los perros se quedaron olisqueando el pasto donde había estado aparcado, cómo se abrió después la puerta automática —junto a ésta, amontonados contra la barda, yacían catorce motores de lancha— y cómo las dos hojas se cerraron tras fundirse, en la distancia, los reflejos de las luces traseras del coche en el que los domingos todos se apretaban.

Durante las primeras cuadras, que significaron cambiar de barrio y de colonia, Mario no dejó de gritar ni de revolcarse un solo instante: *va a explotarme, papá, ¡la panza va a explotarme!* *Tranquilo, hijo, tranquilo*, insistía por su parte Emanuel, que sin dejar de sonreír aceleraba el motor de su auto, intentaba infundir calma en su hijo y contemplaba la paz y la quietud de la ciudad adormecida. No recordaba la última vez que había salido a una hora como ésa. Sí recordaba, en cambio, el intento que había hecho por volverse proveedor de aquellos focos que en la calle todo lo alumbraban.

Quizá por todo eso: el gozo mudo y cada vez más enraizado en su alma, el intento de evocarse en la ciudad de madrugada y el recuerdo amargo de todos los concursos a los que en vano había acudido, Emanuel tardó un montón de cuadras en comprender que debería ir más aprisa, que no tenía que respetar los cruces ni las luces que a su paso presumían su color rojo. Acelerando a fondo, Emanuel sintió un calambre en el abdomen. Pero éste era distinto de aquellos que su hijo padecía.

El calambre que Emanuel recién había sentido era el del placer inadvertido, el llamado del ascenso, la punzada del goce pleno: en torno suyo se expandía, como un lago de mercurio, esa ciudad qué él había olvidado pero que le ofrecía ahora mismo ser reconquistada. *No, no son las calles,* susurró Emanuel en otro instante de embeleso: *no es lo de afuera, es lo de adentro,* insistió sintiéndose aún más emocionado: *será a mí a quien reconquiste. ¡Lo voy a hacer y nadie va a impedirlo!*

Sobándose el alma y deleitando su mirada en el fugaz entremezclarse de las luces y las sombras que iba atravesando, Emanuel volvió a escuchar la voz de Mario y fue así que lo que entonces empezó a entremezclarse fueron las voces del hijo y del padre: *ya no aguanto… nadie va a detenernos… no es la panza, papá… te lo debía hace mucho tiempo… es más abajo… nos lo debía, a los dos nos lo debía… más adentro, papá… así que esto no es tan malo… me quema, me arde hasta adentro… no es nada malo… va a estallarme, papá.*

Entonces Mario soltó un grito, un alarido que se escuchó como un desgajamiento y que trajo consigo otro imprevisto extraordinario: en mitad de aquel aullido, el primogénito calló de forma intempestiva y así, intempestivamente, se apoderó el silencio de Emanuel, del viejo auto, de las calles y de la ciudad casi completa. Así volvieron sus contornos a las cosas, la calma al espacio, el sosiego a Emanuel y la paz adormecida a la noche.

Observando en el retrovisor el reflejo de su hijo desmayado, reconciliándose de golpe con el tiempo, Emanuel volvió a compadecer el sufrimiento de Mario: estaba seguro de que iban a extirparle el apéndice, aunque en ese mismo instante sonrió buscando en los bolsillos de su bata el celular que había agarrado cuando también tomó sus llaves. Tras encontrarlo, marcó el número de Isaac, su viejo amigo y compañero de universidad, quien además de haberse graduado presumía una carrera incuestionable y quien quiso el destino que esa noche estuviera de guardia.

Cuando llegaron al hospital, Isaac los esperaba en la bahía de Urgencias y fue él mismo quien ayudó a Emanuel con el cuerpo desmayado de su hijo. Haciendo acopio de unas fuerzas que pensaban extintas hacía años, los dos viejos bajaron a Mario del coche, lo subieron luego a una camilla y lo empujaron hasta entrar al nosocomio, donde el padre volvió a sonreír pensando: *si supieran el buen uso que le daré hoy a la anestesia.*

Todavía acostado en la camilla, poco antes de que vinieran por él para llevárselo al quirófano, Mario volvió en sí un instante y entre sueños observó a su padre a un par de metros, platicando con Isaac. *¡Papá... papá!*, llamó sin fuerzas pero Emanuel alcanzó a oírlo, se le acercó sin prisa y le dijo al oído: *van a operarte de urgencias, hijo. Van a sacarte el apéndice y he estado pensando, he pensado: ya que estamos... hemos perdido muchos años... de una vez podríamos pues... por eso aquí está Isaac conmigo.*

No estés bromeando... papá. No estoy para tus bromas, murmuró Mario pero las fuerzas lo abandonaron y otra vez se hundió en la inconciencia. Emanuel le soltó la mano a su hijo y regresó a pararse al lado de su amigo, con quien estaba discutiendo la posibilidad de vender equipo médico a hospitales. Y esta vez, a diferencia de tantas otras veces, Emanuel sentía que podría llevar a cabo aquel negocio.

Cuando Mario volvió en sí, a la mañana siguiente, yacía rodeado por su madre, sus abuelos y todos sus hermanos. *¿Cómo te sientes? ¿Estás bien? ¿En dónde estamos? ¿Te duele mucho? ¿Cuántos dedos tengo en esta mano? ¿Te las-*

timan los puntos?, preguntaron a coro la madre, los hermanos y los abuelos del primogénito al ver abrirse los párpados de Mario, quien en balde buscó el dolor —aunque fuera una sombra tenue de éste— a lo largo y a lo ancho de su vientre.

Lo único que alcanzaba a distinguir era un extraño escozor, un ardor inverosímil en medio de las piernas. Y fue entonces que de golpe recordó la última plática que sostuviera con su padre. Y fue entonces también que alzó la colcha, levantó la sábana y arremangó la bata que envolvía su cuerpo ansioso.

Los gritos de Mario, de su madre, sus hermanos y abuelos fueron sumándose unos a otros y así, revueltos todos, abandonaron la habitación, cruzaron el pasillo, bajaron la escalera y alcanzaron la cafetería, donde Emanuel sonrió y sintió cómo lo embargaban una lúgubre satisfacción y una paz desconocida.

Gente en guardia

I

Llegaron a la hora convenida. Pero el portero de la privada donde recogerían a Emilio y Cintia retrasó varios minutos la ansiedad de Roberto y Valeria. *¿Quiénes son ustedes? ¿A qué vienen tan temprano? ¿Están seguros de que es la casa? ¿En serio los conocen?*

Cuando por fin los dejó entrar, Roberto aceleró sobre el camino de tezontle y subiendo su ventana insultó al vigilante, quien fingió no haberlo escuchado. Luego volteó a ver a Valeria: *más les vale estar listos. Eme siempre hace lo mismo: dice una hora y salimos a cualquiera. ¿Y si sí están en la puerta?*, interrumpió Valeria a su novio, tratando de calmarlo y de desviar así el mal humor que se cernía sobre su viaje.

Ante la casa de los padres de Emilio no había nadie. *Puta madre*, exclamó Roberto estacionándose: *mejor bájate tú sola. Si me ven a mí sus padres pedirán que nos quedemos*, sumó encendiendo un cigarro: *que aunque sea desayunemos,* añadió observando a su novia fijamente y sonriendo remató: *¿o prefieres perder media mañana?*

Molesta, Valeria le lanzó a Roberto el paquete de cigarros, giró el cuerpo y abrió su puerta murmurando: *¡es tu pinche amigo! ¡Y es su puta novia!*, insistió sobre el tezontle, apurando sus pasos hasta estar delante de la casa, cuyo timbre hizo sonar un par de veces. Pero en lugar de que Emilio o Cintia aparecieran, cuando la puerta se abrió, Valeria entró en aquel espacio que Roberto conociera a los cuatro años.

Observando cerrarse la puerta tras su novia, Roberto sonrió amarga pero a la vez complacidamente, sacudió la cabeza, resopló teatralmente un par de veces, encendió un nuevo cigarro —con la colilla que aún no terminaba de extinguirse—, abrió todas las ventanas del auto, metió un CD en el estéreo, reclinó el asiento y dejó que su mirada se perdiera en la distancia.

Sobre las copas de los árboles, donde infestaban cada rama los retoños de la nueva primavera y acechaban los pólenes que despertaban sus alergias, comenzaba el día a clarear y un par de nubes se distinguió de pronto entre la masa que había sido antes la noche: *chingada madre… el sol va a estar a todo cuando estemos manejando.*

Terminando la tercera canción, el golpeteo de unos dedos sobre el toldo sorprendió a Roberto, que extrañado giró el rostro al mismo tiempo que abría sus dos párpados, cerrados hacía apenas un momento. Ante él estaba una mujer de edad mediana, enfundada en ropa deportiva, con el rostro oculto bajo un potente bloqueador y flanqueada por dos perros enormes y nerviosos.

Estornudando y tallándose los ojos, Roberto forzó media sonrisa e irguió la espalda. Pero antes de que pudiera decir algo la mujer le espetó: *¿qué estás haciendo? ¿Tú quién eres? ¿Cómo entraste? ¿A quién conoces?* Justo entonces, mientras Roberto estornudaba nuevamente, desde la puerta de la casa se escuchó un saludo apresurado, seguido de una explicación entrecortada: *buenos días… Maquita… me está esperando… es mi amigo.*

Sin decir nada ni devolver tampoco el saludo, Maquita dio la media vuelta y se alejó corriendo con sus perros. Roberto, entonces, se sonó y volvió el rostro hacia Emilio. Deformando el gesto y tallándose los ojos, soltó: *¿qué le pasa a esta pendeja?* Pero apenas observar a su amigo, su rostro se echó encima el ademán de la sorpresa: Emilio, que parecía haber perdido aquella noche el fuego interno, salía solo de su casa y avanzaba rumbo al coche viendo el suelo.

¿Y sus maletas?, preguntó Roberto abriendo la puerta, aunque sabía que algo pasaba: su amigo de la infancia parecía ser la sombra de su amigo. *No vamos a ir, Saso*, soltó Emilio y sus palabras, que parecían ser arrancadas de su boca en vez de ser lanzadas, fueron como el eco de algo que Roberto ya sabía. *Cintia está embarazada*, escupió mecánicamente la boca de Emilio: *vamos a abortarlo hoy en la tarde… no podemos ir al viaje.*

Qué pendejos, soltó Roberto y al instante se sintió arrepentido. O más bien: se sintió arrepentido un instante, porque apenas despedirse de su amigo, acelerando el coche nuevamente en el tezontle, volvió el rostro hacia Valeria: *¡par de idiotas… ni siquiera me lo creo! ¿Por qué chingados no llamaron, antes de cruzar media ciudad a lo pendejo?*, inquirió dejando atrás Lomitas de Plateros e incorporándose a una avenida.

Y así hubiera seguido: *¡no sabían qué inventarse, hijos de puta, eso es todo lo que pasa, ni siquiera creo que cojan, él es gay y ella lesbiana!*, si no hubiera Valeria aseverado: *¡cállate o tampoco iré al viaje!* O si no hubiera Roberto estado a punto de aplastar al perro que de pronto apareció sobre el asfalto, haciendo que el auto en que viajaban mudara de carril y que la plática mudara de sentido.

Pobrecito… de seguro está perdido, soltó Valeria al mismo tiempo que su novio aseveraba: *no parecía perro de calle, era de raza. Y parecía que estaba herido,* añadió ella buscando a aquel perro pastor por todas partes. Pero el lugar donde por poco lo habían atropellado estaba cada vez más lejos y muy pronto se entregaron al silencio.

II

Mientras Roberto pedía que llenaran el tanque, revisaran los niveles del motor y checaran el aire de las llantas, Valeria se dirigió hacia la tienda que separaba la caseta de la gasolinera. Ahí agarró un par de botellas de agua, varias bolsas de papas, algunos panes dulces y unos cacahuates. Luego, abrazando el cargamento, se formó en la fila que había tras la caja.

Hasta delante, la cajera discutía con un cliente la autenticidad de sus billetes. *Así llevan media hora,* informó a Valeria el hombre que había llegado a la cola antes que ella, quien después gritó: *¡que aquí hay más gente!* Y como si ese grito hubiera despertado al resto de personas, estalló el coro en cascada: *¡no estás solo! ¡Ándale pendejo! ¡No sigas chingando! ¡Mándelo a la mierda! ¡Que se largue!*

Atónito, el hombre que entorpecía la labor de la cajera, giró el rostro sobre un hombro y masticó un par de palabras que no pudo escuchar nadie. Luego lanzó los productos que sostenía entre las manos a la cámara que todo lo observaba desde el techo y guardándose, impotente, sus billetes, echó a andar hacia la puerta, entre la risa y los festejos del resto de presentes, que felices celebraron su derrota.

Sumidos otra vez en sus silencios, los hombres y mujeres de la fila fueron comprando sus botanas y bebidas. Así
llegó el turno de Valeria, que antes de pagar pidió un par
de paquetes de cigarros, unos chicles y un ejemplar de
La nota encarnada; cuando por primera vez salió con ella
a carretera, Roberto le enseñó el ritual que inventara años
antes con Emilio: mientras uno conducía, el otro leía en
voz alta las noticias más extrañas.

Abrazando la bolsa con sus compras, Valeria buscó
el auto de Roberto y tras mirarlo en la distancia echó a
andar entre los coches que hacían fila ante las bombas.
Apurando el paso, escuchó los silbidos y las voces de los
hombres que observaban su andar, apretó la bolsa entre
sus brazos y su pecho, murmuró unas palabras inyectadas
de coraje y cubrió del sol sus ojos: detrás del fondo de la
tierra ardía el astro a un palmo de los montes.

Hijo de puta... podías haberme recogido allá en la tienda,
soltó Valeria entrando al coche, donde Roberto aguardaba,
enfilado a la autopista. *¿Por qué mierdas te tardaste?,* preguntó
sin hacer caso a lo que había dicho su novia y justo antes
de arrancar oteó sus tres espejos. En uno de éstos vio el
reflejo de un par de hombres que sobando su entre-
pierna observaban a Valeria. Y antes de arrancar, sonrío y
soltó: *no me dirás que estás tú también embarazada.*

Con el auto avanzando a vuelta de rueda, acercándose a la caseta sin apenas acercarse, Roberto estiró el
brazo, bajó el volumen del estéreo, volvió el rostro hacia
su novia, pidió perdón por la broma que había hecho e
inquirió: *¿lo compraste?* Sin decir nada, Valeria empujó
el cuerpo hacia delante, alzó la bolsa que dejara entre sus
piernas, sacó de ésta el periódico y lo sacudió ante su
rostro.

Eso es, exclamó Roberto, pero al instante su sonrisa se deshizo y tocó el claxon: *¡este imbécil… quiere meterse el muy ojete! ¡Más bien ya se te metió el hijo de puta!,* añadió Valeria bajando su ventana y asomando la cabeza repitió, ahora a gritos, las últimas palabras que había dicho. Luego, cerrando su ventana, clavó los ojos en los cuatro pasajeros de aquel auto que avanzaba junto a ellos y subrayando sus palabras con un lento movimiento de los labios, disparó: *¿qué chingados están viendo?*

El conductor, el copiloto y los niños, que viajaba en el asiento trasero de aquel coche que al final no había logrado adelantarlos, también insultaron a Valeria, quien viendo la rabia inyectada en los ojos y en los rostros descompuestos de esa gente observó de pronto un muro blanco: acababan de tragárselos las bocas que engullían los carriles, prometiendo las casetas.

Roberto entregó al cajero un par de billetes y dejó el brazo estirado, esperando que aquel hombre le devolviera su cambio y le entregara el recibo. Pero el cajero giró el rostro y pareció marcharse a otra parte. Roberto esperó entonces un par de segundos: el cajero parecía haberlo olvidado. *¿Pasa algo?,* preguntó entonces pero ni así obtuvo respuesta. Enojado, casi gritó: *¿va o no va a darme mi cambio?*

Otra vez se están madreando, anunció el cajero volviendo en sí de pronto y girando el rostro le entregó a Roberto su vuelto y su recibo: *ahora sí se armó una buena. Se están dando con ganas,* sumó alzando la pluma que obstruía la autopista y girando nuevamente el rostro remató: *que tengan muy buen viaje.* Estas últimas palabras no las escucharon ni Roberto ni Valeria, quienes, felices de estar de nuevo en movimiento, veían, sobre el arcén de la autopista, el esqueleto de metales retorcidos que alguna vez fuera un auto.

¿Qué decía... el letrero, qué decía?, preguntó Roberto devolviendo su atención hacia el camino, donde los camiones, autobuses y autos eran más de los que habría esperado y mucho más de los que habría deseado. Girando el cuerpo, Valeria vio la manta recargada en el coche destrozado y en voz alta aseveró: *si está cansado, no maneje. Sus hijos lo están esperando.*

¿Y si uno no tiene hijos? ¿Puedes manejar si estás cansado pero no tienes ni un hijo?, inquirió Valeria sonriendo, acomodándose otra vez sobre su asiento y subiendo el volumen del estéreo: *¿o si vienen contigo en el coche, si no te están esperando, puedes quedarte dormido y ponerles en la madre?*

¿O si traes uno adentro... si estás embarazada?, sumó Roberto para poder decir después: *¿qué si quieres abortarlos, puedes manejar cansado entonces? ¿Qué harían, por ejemplo, Emilio y Cintia, manejar días y días hasta estamparse? ¡Accidentes como método abortivo!*, soltó Valeria riendo y estirando el brazo acarició la nuca de su novio: *¡choques anticonceptivos!*

III

Ya les dije que quitaran las maletas del pasillo, ordenó el padre de Emilio, asomando la cabeza al cuarto donde su hijo y Cintia yacían recostados, abrazándose uno al otro: *alguien va a tropezarse. Y si es tu madre va a chingarse otra vez la espalda*, insistió hablándole esta vez sólo a su hijo, que recién había erguido el torso y lo miraba entre cansado y molesto.

Y yo te dije que con eso nadie puede tropezarse, murmuró Emilio poniéndose de pie y caminando hacia la puerta: *pero ahora bajo y las recojo. Exactamente, bajas ahora y las recoges,* arremedó el padre mostrándole la espalda: *si se cae vas a arruinar sus vacaciones… las tuyas me tienen sin cuidado pero no vas a chingar también las de ella.*

Pues es mutuo el sin cuidado, soltó Emilio en la escalera pero su padre ya no alcanzó a oírlo, como tampoco escuchó nadie lo que luego susurró estando en la sala: *además quién fue y te dijo que las mías se chingaron. Quizás un poco las de Cintia… pobrecita… pero las mías no me molestan,* remató Emilio alzando sus maletas sin hacer ningún esfuerzo, más por convencerse a sí mismo que por desear que lo escucharan.

IV

¿Cambio el disco?, preguntó Valeria espabilándose, tras haber dormido un rato. *Mejor apágalo y léeme una noticia,* respondió Roberto volviendo la mirada hacia su novia, quien sonriendo alzó de entre sus piernas *La nota encarnada* y empezó a buscar entre sus páginas.

Qué suerte tienes de poder dormir así en el coche, soltó Roberto tras un par de minutos. *No… más bien qué pinche suerte de poder leer sin marearte,* se corrigió mirando un segundo los espejos, rebasando varios autos y acariciando la pierna de Valeria, a quien en realidad estaba apurando.

Aquí hay una, anunció ella doblando el periódico en cuatro. "Iba a dejarlos sin luz y lo dejaron sin vida", titulaba la nota que Valeria leyó entre sonrisas: *Cuando el electricista Enrique L. S. llegó al domicilio ubicado en el número*

338 de la calle Mártires de Atlacomulco, nunca imaginó que la muerte lo estaría esperando. Tras estacionar la camioneta de la Comisión Federal de Electricidad, Enrique procedió a bajarse y bajar sus herramientas. Después caminó media cuadra, como atestiguan varios vecinos, hasta llegar al lugar donde acechaba la tragedia.

Como dictaba su manual, Enrique L. S. llamó a la puerta de la familia Mores Funi y al escuchar la voz que preguntaba: ¿quién?, anunció que cortaría el servicio por falta de pago. Pero antes de que pudiera empezar con sus labores, el padre de familia del domicilio mencionado abrió la puerta y enfurecido, completamente fuera de sí, según el testimonio del dueño de un comercio aledaño a aquella casa, sobre la cual sobrevolaba el ave de las tempestades, amenazó al electricista con matarlo si se atrevía a tocar sus medidores.

Quién sabe si porque andaba envalentonado o porque estaba acostumbrado a recibir este tipo de amenazas, Enrique L. S. hizo oídos sordos y procedió a abrir la caja que escondía los medidores. Pero antes de que pudiera cortar el primer cable, Juan Domingo Mores Funi volvió a la calle, cargando una escopeta recortada, de uso exclusivo del Ejército, y sin mediar palabra, como puede verse en el video que filmó el comerciante mencionado y que fue colgado en Internet, disparó contra la espalda del electricista, que salió propulsado a la pared y se quedó allí pegado.

¿Hay un video?, interrumpió Roberto a Valeria, antes de que ella terminara: ¿por qué no lo estás buscando? ¡Suelta el periódico y agarra tu teléfono!, urgió cambiando la marcha y acelerando aún más su auto. ¡Cómo crees que va a ser cierto!, respondió Valeria, riendo de su novio y ya no de la noticia: además lo habrían descolgado, si fuera cierto, aseguró sumiéndose otra vez entre las páginas del diario: mejor busco otra noticia.

"Traiciona cuerda a reo en fuga", aseguraba el titular de la nota que Valeria leyó sin ser capaz de contener las carcajadas: *Julián M. B. intentó fugarse la noche del sábado del Reclusorio Sur, pero la cuerda con la que saltó la primera barda de seguridad se le rompió y le frustró el escape. Eso sí, en su intento, el interno tuvo que pasar al menos tres filtros de seguridad tras salir de su celda, dejar el dormitorio 6, cruzar el patio hasta llegar al anexo contiguo, atravesarlo y comenzar a escalar la barda mencionada, evidenciando la corrupción del recinto. El reo, que cruzó después otros dos patios sin que ningún custodio pareciera percatarse, fue encontrado en la alambrada, con el coxis fracturado, una muñeca esguinzada y diversas contusiones. Bueno... ya estuvo...* el titular resume entera la noticia, cortó Roberto a Valeria: *qué más da cómo lo encontraron.* Sin dejarse de reír, ella aceptó que Roberto tenía razón pero siguió leyendo en silencio. Luego, cuando hubo terminado, pasó las páginas en busca de alguna otra noticia.

Y fue en el mismo instante en que Roberto encendió otro cigarro que ella encontró lo que buscaba: *no me chingues, Mapantla está en nuestro camino, ¿verdad? ¿Mapantla...? Sí, creo que sí. ¿Qué pasa?,* preguntó Roberto cambiando de carril porque tras ellos había aparecido una enorme camioneta tocando el claxon y encendiendo una y otra vez sus luces: *¿a poco dice ahí algo de Mapantla?* Doblando en cuatro el periódico, Valeria leyó emocionada: *"Enigmáticos abortos en Mapantla".*

No se vale inventarlas, ya lo sabes, advirtió Roberto pero Valeria se arrancó: *Los habitantes de Mapantla no consiguen explicar lo que sucede en este pueblo de la ruta de misiones hidalguenses. Ni las autoridades ni tampoco los médicos encargados de la clínica municipal ni aún menos el sacerdote de la iglesia han sabido dar con las razones de la epidemia que aqueja* a las mujeres de la localidad. *Lo cierto es que desde hace varios meses, siete, para ser exactos y siempre según información recabada entre la gente de Mapantla, no ha nacido ningún niño en este emplazamiento.*

Y no ha sido por falta de embarazos. En Mapantla las mujeres se embarazan. Aunque ninguna llega al cuarto mes de gestación. Antes de esta fecha, sobre todo durante los dos primeros meses, las mujeres de Mapantla ven interrumpidos sus procesos gestatorios. Y con estas interrupciones, por supuesto, llegó la desesperación: María J. I. se quitó la vida hace una semana, tras perder a su nonato. Y apenas unos días antes, Pedro R. C. asesinó a su pareja, horas después de que ésta le anunciara la muerte del cigoto que habían procreado.

Pero a Mapantla no sólo llegó la desesperación, también la burla de las localidades vecinas. Y por supuesto, con éstas llegó la búsqueda urgente y desesperada de culpables. En este pueblo, otrora mágico, todos culpan a todos: el sacerdote dice que es obra del gobierno, el gobierno asegura que es ardid del crimen organizado, el crimen organizado apunta al ejército, el ejército a los grupos guerrilleros que han aparecido en la región y éstos señalan a la Iglesia. Un círculo que.

¿*Un círculo que qué?*, preguntó Roberto sorprendido de que Valeria callara. *Nada… no dice nada más*, contestó igual de sorprendida y dando vueltas a las páginas del diario: *pinche periódico de mierda, así nomás se acaba la noticia. ¡Qué pendejos son Emilio y Cintia, se les hubiera terminado el problemita!*, aseveró entonces Roberto, rebasando un par de autos y volviendo luego el rostro hacia su novia, que sonriendo y sacando su teléfono lanzó: *voy a mandarles una foto.*

No te pases, soltó Roberto arrebatándole el teléfono a Valeria: *no creo que sea muy buena idea*, añadió dando un volantazo y escuchando el estallido de un claxon: *no creo que vaya a hacerles gracia. ¿Y qué te importa, no que estabas enojado?*, preguntó Valeria observando al conductor del auto que recién había tocado el claxon con el mismo coraje con que él la estaba observando.

Tampoco es que se trate de chingarlos, dijo Roberto lanzando el teléfono al asiento trasero y cambiando una marcha se exculpó: *es mi amigo hace años, ya lo sabes. Es un puto y tú eres todavía más puto, son un pinche par de putos*, aseveró Valeria contemplando el paisaje, donde el sol yacía a cuatro palmos de la sierra y el calor aplastaba al aire, a las bestias y a las piedras: *sabes qué... mejor ni me hables.*

¿Y para qué querría hablarte?, murmuró Roberto tras un instante y extendiendo el brazo subió el volumen del estéreo. Luego encendió otro cigarro y le entregó su atención a la autopista, donde el tráfico se había desvanecido de repente.

V

"Fin al calvario de Mapantla", leyó Cintia en voz baja, sentada en el mismo sillón donde yacía Emilio acostado, tratando de olvidar el dolor que le apretaba la cabeza. Hacía tiempo que él le había enseñado este ritual que había inventado con Roberto.

La noche anterior, Emilio y Cintia se habían ido de fiesta y él había bebido demasiado: un poco para olvidar que había plantado a su amigo más antiguo, otro poco para perdonarse por haberle mentido a Roberto sobre aquella tontería del embarazo de Cintia y un poco más para festejar que no había salido de la ciudad en la que vive, pues siempre ha odiado la provincia.

¿Vas o no vas a leerme?, inquirió Emilio restregándose los párpados pues Cintia había enmudecido. *No eres el único que siente que le explota la cabeza,* respondió ella pero aún así dobló el periódico y se lanzó a voz en cuello: *Habitantes del municipio de Mapantla sorprendieron y lincharon a los culpables de la epidemia de abortos que había padecido su localidad. El hombre murió por los golpes recibidos mientras que la mujer falleció al ser quemada, según confirmaron el sacerdote del pueblo y Fabián H. L., radio operador en turno de la policía local.*

En entrevista con este diario, el presidente municipal de Mapantla explicó que las dos personas sospechosas fueron avistadas por primera vez hacia las cuatro de la tarde, por vecinas de la localidad, reunidas en la plaza central del pueblo. A partir de ese momento, el rumor que estas señoras desataron corrió como fuego en pastizal. Y el resto de los habitantes fue saliendo de sus casas así como iba entrando en éstas la noticia de que habían aparecido los culpables de la pérdida de niños nonatos.

Apenas una hora después, asegura la policía local, hacia las cinco de la tarde, la mayoría de los habitantes de Mapantla se encontraban concentrados en torno al kiosko de la plaza, clamando por justicia. Una justicia que llevó a la turba a perder el control hacia las seis de la tarde, hora en que, según los militares llegados al lugar instantes antes, la gente empezó a alborotarse de manera terminante y así, echando gritos y rabias, fueron a buscar a la pareja de extraños al hotel en donde éstos habían pagado una noche.

Hacia las siete, según informó a nuestro diario Tomás G. V., señalado por la policía de pertenecer a grupos subversivos de ultraizquierda, unas 200 personas irrumpieron en el hotel, saca-

ron de allí a la pareja de jóvenes y se los llevaron otra vez hasta la plaza principal de Mapantla, donde los esperaba una turba de casi mil personas enardecidas, varios policías que prefirieron no intervenir, otros tantos militares que hicieron caso omiso de los hechos y presuntos miembros del cártel local, quienes dotaron a la turba de los galones de gasolina.

Hacia las ocho de la noche, los dos extraños, cuyas identidades no han podido ser determinadas —los cuerpos calcinados se encuentran en las oficinas del Ministerio Público—, fueron golpeados, quemados y finalmente linchados por los pobladores de Mapantla, quienes, ávidos de justicia. ¿Quiénes ávidos de justicia qué?, preguntó Emilio al escuchar que Cintia guardaba silencio.

Nada… no dice nada más, respondió Cintia enojada, pasando las páginas del periódico que sostenía entre sus manos temblorosas y sintiendo cómo empezaba todo a darle vueltas añadió: *pinches periódicos de mierda… así nomás te dejan a medias.*

El instante indicado

Estás muerto, recuerda Osmar terminando de pintarse. Siempre que se mira ante un espejo y no se reconoce lo repite. Le da miedo que lo olviden a él o al personaje: *hace quince años morimos.* Entre sus pies, echados, los tres perros que encontró en el canal, no debían tener ni una semana, lo contemplan.

El macho chilla cuando Osmar gira el cuerpo y sin quererlo le pisa la cola: intentaba alzar del suelo su maleta. *Perdón, Benito,* se disculpa sobándole un instante la cabeza a su mascota. Luego deja la maleta encima del lavabo, jala el cierre, saca la peluca y se la pone: *estamos listos.*

Antes de cerrar la puerta del baño, Osmar aguarda a que salgan sus tres perros. *Apúrate, Josefa,* ordena a la más necia y cuando ésta por fin sale hacia el pasillo añade: *qué bien se te ve tu nueva falda.* Hace apenas dos semanas, les compró a sus perros los disfraces que el nuevo acto ameritaba.

En la sala, mientras los perros aguardan ansiosos, Osmar mete en la maleta sus tirantes, sus zapatos de bola, la botella de agua que sacó recién del refri, su overol de tres colores, una bolsa con croquetas y las naranjas que anteayer le regaló una vecina: esa mujer que lo sigue a todas partes y que en más de una ocasión le ofertó amor eterno: *Araceli, mejor consíguete a uno vivo.*

Antes de marcharse, Osmar busca en el desorden de la mesa la dirección a donde deben presentarse. Tras hallarla, lee el papel una, dos, tres veces, enterrando la instrucción en su memoria. Encaminándose a la puerta, descarta los caminos que se oponen a su prisa: otra vez se le ha hecho tarde. *Por lo menos está cerca,* dice arrebatándole a un clavo las correas de sus perros y las llaves de su pesada camioneta.

Además está pegado al canal, bastará con irnos recto, añade amarrando a cada perro su correa y abriendo la puerta. Desde ahí, justo antes de cerrar la puerta nuevamente, Osmar revisa el espacio: nunca fue de poseer mayores cosas: una mesa de aluminio, dos sillas de plástico, las camas de los perros, la fotografía del cadáver de una camioneta y el televisor que se ganó hace un par de años, en la rifa de la unidad en donde vive.

Esta unidad que atraviesa acicateando a sus perros: *órale, Benito; ándele, Josefa; vamos, Antonieta.* No necesita que los niños que aquí viven lo descubran y que entonces lo retrasen con sus súplicas de siempre: *una bromita, aunque sea una, qué le cuesta.* Tiene que apurarse y para colmo también debe bajar hasta la orilla del canal, donde habrá de dirigirle unas palabras al esqueleto que en el centro de las aguas se oxida y se deshace.

Acostumbrados como están a este ritual, los perros se detienen en donde Osmar deja su maleta y suelta sus correas. Ninguno lo acompaña hasta la parte más agreste, donde la hierba crece alta y salvaje. Aquí solamente vienen los que quieren tirar algo. O los que a cuestas cargan un motivo tan pesado como el de Osmar, que en la orilla del canal, a punto de mojarse los zapatos, asevera: *hace quince años exactos.*

Aún me rige lo que ustedes me enseñaron, suma observando en la distancia el amasijo de metales retorcidos: *no me fío de la cara de la gente, me fío sólo de su risa.* Tras decirlo, Osmar empieza a contar en silencio y por primera vez en años dice los nombres de sus padres y su hermana. Entonces, a pesar de que el calor es agobiante y de que no atraviesa el cielo ni una nube, escucha varios truenos y un calambre lo recorre, lo sacude y le arranca de la boca la oración que dijo el día que lo adoptaron: *la única forma de que pueda seguir vivo es pensando que estoy muerto.*

Minutos después, tras haber recuperado la entereza y tras haber también cruzado la alta hierba de regreso, Osmar vuelve hasta sus perros, sin dejar de contar en el silencio de su mente. Levantando las correas, acicateando nuevamente a sus bestias y alzando su mochila, cruza la avenida en sentido opuesto al de hace un rato. Esta vez, sin embargo, y a diferencia de otras tantas, siente que el pasado le ha calado hasta los huesos.

Cuando llega a la unidad en la que vive, echa a correr a su pesada camioneta, convencido de que así compensará el tiempo perdido y se alejará también de todo aquello que le imponen los metales oxidados. Pero al llegar a su vehículo, abollado y despintado, Osmar recuerda otra vez aquella noche en que la combi de sus padres fue sorprendida por una tempestad inesperada. Y abriendo la puerta trasera, mientras sus perros suben dando un salto, también se acuerda del momento en que esa combi fue arrastrada por el agua.

Lo importante es que jamás les he fallado, eso es lo único que cuenta, se dice tratando de encender su camioneta y es así que por fin deja de contar en las profundidades de su mente. *No he hecho nada diferente de lo que ustedes habrían hecho,* insiste y se convence de estarse despidiendo de esa hermana y de esos padres que vendían artesanías, no creían en la gente y no tenían otro refugio que la combi reducida en el canal a su esqueleto.

Y es también así que Osmar asevera: *por favor no me hagas esto, hoy no me chingues,* bombeando el embrague de su pesada camioneta y dando marcha, una y otra vez y una más a su contacto: *ve lo tarde que se me hizo, por favor, en serio enciende.* Cuando está a punto de rendirse y de bajar para buscar a algún vecino que lo ayude a empujar el armatoste, éste enciende exhalando una espesa nube negra y Osmar condensa su alegría en un sonido gutural y le sonríe al espejo: *estás muerto.*

Hoy hace quince años exactos, añade mecánicamente y tan feliz como apurado deja atrás el sótano de la unidad en la que vive. Entonces encara la avenida y, esperando a incorporarse, intenta leer el último grafiti que pintaron sus vecinos. Así observa a los pequeños de los que había creído escaparse: están jugando en la banqueta un juego que él nunca ha jugado.

Ingresando en la avenida, Osmar saluda a los pequeños y después toca el claxon, que al instante truena como risa tartamuda y descompuesta. Felices, los niños corren tras la pesada camioneta varios metros, despidiéndose de Osmar y sus perros, quienes de pronto han empezado a ladrar sobreexcitados. Volviendo el rostro sobre un hombro, les pregunta: *¿cuándo van a acostumbrarse, cómo pueden seguirse emocionando todavía?*

Mejor vamos a ensayar su nuevo paso, anuncia apurando la marcha y volviendo nuevamente la cabeza ordena: *¡el castillo!* Rebasando un par de coches y observando de reojo, en el retrovisor de su armatoste, cómo Josefa se encarama encima de Benito y cómo salta sobre ellos Antonieta, Osmar se siente orgulloso y les festeja la gracia a los perros silbando y aplaudiendo. Luego mira la luz ámbar de un semáforo y molesto cambia un par de marchas.

Aminorando la velocidad: se acerca al semáforo que hace nada le mostrara su luz roja, Osmar inclina el cuerpo a su derecha, estira el brazo, abre la guantera y al sacar los premios de sus perros tira, sin quererlo, un papel muy bien doblado. *Lo recojo ahorita que frenemos,* se dice e incorporándose a la fila que han formado varios coches, saca tres galletas de la bolsa que sostiene y se las lanza a sus bestias.

Tras guardar otra vez la bolsa, Osmar estira aún más el cuerpo, se hunde en el espacio del copiloto y con las uñas alcanza el papel que lo hace ahora dudar si darse o no darse un pase: no le gusta jalar coca cuando va rumbo al trabajo. Pero tampoco es que éste sea un día cualquiera. *Hoy se cumplen quince años,* piensa Osmar y en silencio empieza a contar de nueva cuenta: ocho, nueve, diez, once, doce.

Entre sus dudas y sus ansias, con el papel entre las manos, Osmar escupe esa oración que lo ha venido acompañando desde siempre: *estoy muerto y nada me hace lo que le hace algo a los vivos.* Con una agilidad sorprendente, sin emerger del espacio reservado a los pies del copiloto, levanta la nariz roja y redonda bajo la cual está la suya, desdobla el papel y se acalambra la cabeza con tres puntas.

Antes de que se limpie las fosas, oye como detrás suyo estallan varios cláxones y angustiado dobla el papel de nueva cuenta. Cuando por fin vuelve a erguirse, la luz roja ha vuelto a encenderse y sólo avanza un par de metros. Detrás suyo, a los cláxones se suman los insultos de otros conductores y Osmar siente que en el pecho el corazón se le acelera: sabe, por experiencia personal y por historias que ha escuchado, que pegarle a un payaso es deporte en la colonia donde vive.

Asustado, saca el brazo y se disculpa ante los otros conductores levantando el pulgar contra el cielo, justo antes de que uno se bajara de su auto. Con el brazo nuevamente dentro y con la mano otra vez en el volante, Osmar mira el semáforo que sigue aún en rojo, observa más allá el tendedero de un viejo edificio y aún más lejos ve un avión cruzando el cielo: *¿se verá desde allá arriba lo que queda de su combi?*

Cuando está por responderse, en la ventana de su pesada camioneta irrumpe el rostro de un pequeño que mendiga unas monedas y el corazón de Osmar vuelve a acelerarse. Esta vez no es el temor a una golpiza lo que truena en su pecho sino el recuerdo de los golpes recibidos hace tiempo. Empezando a contar de nueva cuenta en lo más hondo de su mente: dos, tres, cuatro, cinco, Osmar saca unas monedas, se las pasa al pequeño y suplicando que se ponga la luz verde, intenta escapar del derrotero que podría tomar su mente.

Pero a pesar de que la luz verde se ha puesto, de que ha cambiado un par de marchas, de que sigue todavía contando: diecisiete, dieciocho, diecinueve, veinte, veintiuno, de que otra vez ha acelerado su armatoste y de que ha empezado nuevamente a hablarle a sus perros, no consigue que su mente lo aleje de esos años que le duelen aún más que los otros. De nueva cuenta está aquí esa familia que hace tiempo lo adoptara. Y otra vez está aquí su entrenamiento en el andar del niño ciego y en los ruegos del que pide. Y otra vez están también aquí, en el interior de su pesada camioneta, el letrero, la lata, el bastón falso y los vagones.

A los fantasmas no pueden herirnos, pronuncia Osmar, igual que se decía en aquellos años. *Ya no pueden lastimarnos porque no tenemos nada que nos duela,* insiste rebasando a un camión de gas y a un par de coches. *Y no pueden tampoco agarrar lo que nosotros traemos dentro,* remata acelerando la marcha, colocándose de nuevo la nariz color carmín y consiguiendo al fin que el pasado se retire al lugar en donde vive.

No pueden quitarnos el aliento, asevera un par de cuadras después, cuando la calma ha vuelto a su mente pero no a su organismo, cuando ha visto el letrero que le avisa: ya está cerca esa calle que deseas, y cuando al fin acepta que no puede hacer más nada, que llegará tarde a la fiesta. Es lo mismo que su madre le decía todas las noches, acercándole la boca a los labios y fingiendo que soplaba: *lo único que siempre será tuyo es el aliento.*

Eso nadie va a decirme que no ha sido siempre mío, asegura sintiéndose feliz de nueva cuenta y reduciendo la velocidad con la que avanza su pesada camioneta gira en la calle en la que se alza ese salón donde muy pronto va a acabar la fiesta. Volviendo el rostro nuevamente y observando así a sus perros, Osmar ordena: *vayan calentando, estírense que vamos a dejarlos boquiabiertos. A ver si así perdonan que lleguemos a esta hora, a ver si así nos pagan.*

¿Está listo Benito, preparada ya Josefa, Antonieta concentrada?, inquiere al tiempo que en silencio sigue todavía contando y busca, con los ojos, el salón en donde aún cree que esperan su llegada. Lo que observa, sin embargo,

es a un grupo de personas que a lo lejos le hacen señas. Acelerando su pesada camioneta, Osmar se dirige hacia su encuentro, tocando el claxon varias veces y rogándole a sus perros: *estén listos, hoy tenemos que impactarlos.*

Cuando llega hasta el lugar en que la gente yace concentrada, nota que las puertas del salón están cerradas y aceptando que la fiesta ha terminado gira el rostro una última ocasión: *se me hace que hoy no hubo trabajo. Esta vez nos la pelamos,* añade luego pero al instante le devuelve su atención a los que están aún en la calle. Es así como observa que en el centro de ese círculo que forman los que estaban esperando llora el niño del cumpleaños.

Y en un instante esa gente se aleja del pequeño, rodea la camioneta y enfurecida golpea la hojalata. Sintiendo el peso de sus odios, Osmar entiende que se le ha hecho también tarde para huir y en vano lucha con el vidrio de su puerta. Los brazos del padre del pequeño lo sacan del pesado armatoste y lo avientan al asfalto, donde varios hombres y mujeres, alcoholizados y furiosos, lo despojan de su ropa y lo patean con rabia viva, mientras sus perros ladran desquiciados.

Al final, hombres y mujeres van cediendo ante el cansancio uno tras otro. Todos menos el padre del pequeño del cumpleaños. A este hombre no le importa ser el único que sigue reduciendo el amasijo que ya es Osmar, quien al borde del desmayo sigue todavía contando. Está seguro de que basta con decir el número correcto en el instante indicado para desaparecer. ¿O no es esto lo que hacen los que están desde antes muertos?

La tortura
de la esperanza

A primera vista, Jaimito era un niño más de nuestro grupo. Si corríamos, corría; si jugábamos futbol, jugaba; si saltábamos de un edificio a otro, saltaba de uno a otro. Era necesario poner atención, fijarse en los detalles, para comprender que Jaimito no era uno más entre nosotros. Alumbrado por una mirada atenta, aquel amigo se convertía en la baldosa rota de una calle: una piedra agrietada entre un montón de piedras que no se han roto todavía pero que habrán, también, un día de romperse. Esto, sin embargo, sucedió años más tarde.

Porque al principio, Jaimito fue uno más entre nosotros, quizás el más nosotros de nosotros: si orinábamos las chapas de los coches, orinaba más coches que nadie; si robábamos refrescos del camión repartidor, él se robaba toda una bandeja; si lanzábamos piedras a la casa de Octagón —el luchador era nuestro vecino y anhelábamos que un día saliera a perseguirnos—, Jaimito reventaba sus ventanas.

No sé qué fue lo que hizo que los demás se dieran cuenta de que Jaimito no era igual al resto de nosotros ni sé tampoco si nos dimos todos cuenta al mismo tiempo. Lo más probable es que cada uno comprendiera qué pasaba por un hecho o un detalle diferente.

Yo, por ejemplo, me di cuenta por su pelo: Jaimito, que tenía el pelo negro, llegó un día al colegio, teníamos entonces nueve años, con la cabeza teñida de castaño. No se había pintado el pelo de rojo, azul o verde, ni siquiera se lo había pintado de rubio: se había teñido el pelo de castaño, el color de casi todas las cabezas de la escuela. Para colmo, cuando el negro de su carga genética volvió a imponerse, Jaimito no le pudo plantar cara y el castaño de su cráneo se fue desvaneciendo como el vaho en un espejo.

Fueron muchos los sucesos de este tipo, los detalles que en sí mismos eran suficientes para mostrar que nuestro amigo no era igual al resto de la gente: un día empezó a traer a la escuela, escondido en un bolsillo de su suéter, un pequeño ratón al que también le tiñó el pelo; de tanto en tanto se ponía, debajo de los pantalones y a manera de calzones, unas medias que robaba a su madre; llegaba a veces al colegio con el vientre vendado, escondiendo así los cortes que se hacía por la noche.

Cuando cumplimos diez años, además de dar el estirón, Jaimito se convirtió en un niño violento. Lo que no podía conseguir con palabras —y no lograba nunca nada hablando— empezó a buscarlo con los puños y los dientes: por lo menos una vez al mes era secuestrado, sin aviso previo alguno, por accesos de ira incontrolables que acababan siempre en agresiones.

Lo peor era que un ataque de éstos, que para colmo se volvieron más y más asiduos y empezaron también a dirigirse en contra nuestra, lo cogiera con algo entre las manos. Por alguna razón que no entendí en aquel tiempo ni he alcanzado a entender luego, Jaimito llevaba siempre algo en las manos: una piedra, una llave, una varilla oxidada, un destapador, una botella, una bujía o una lata.

Cuando cumplimos once años, los ataques de ira de Jaimito habían acabado con las burlas que la gente hacía a sus expensas pero estaban también a punto de acabar con nuestro grupo: la pandilla que formábamos vivió aterrorizada casi un año, el año que menos tiempo compartimos de entre todos los años que la vida nos tenía reservados y que, como suele pasar en la ciudad en que había nacido, al final tampoco serían tantos.

Por lo menos yo, aunque creo que lo mismo le pasó a toda la pandilla, me pasé la mayor parte de las tardes de aquel año en que cumplí los doce encerrado en el departamento de mi padre, quien mostrando una terquedad rayana en la locura me preguntaba cada día, apenas regresar de su trabajo: *¿y ahora tú... por qué estás aquí en la casa... por qué no vas allá afuera... qué pasó con tus amigos?*

Aunque nunca contesté a sus preguntas, algo debió imaginarse mi padre porque una tarde, enigmático como era, se sentó a mi lado y me soltó un discurso que recuerdo claro y transparente, como si lo hubiera escuchado hace apenas media hora: *en Veracruz, en el puerto viejo, como el gobierno prohibió que sigan atracando allí los barcos, las gaviotas, que siempre habían comido el pescado que traían los pescadores, han empezado a comerse a las palomas.*

Lo más extraño, siguió mi padre levantándose del sillón y encendiendo la tele: *es que las gaviotas han empezado a morirse, asfixiadas por las bolas de plumas que en sus gargantas se han ido formando poco a poco. ¿Lo puedes creer?,* remató mi padre sentándose de nuevo y golpeándome un hombro con los dedos de la mano: *¡acostumbradas a tragarse las espinas y se asfixian con las plumas... las muy pendejas!*

Si lo que mi padre quería hacer era ayudarme, debió pensar que sus palabras daban en el centro de la diana: una semana después de su enigmática sentencia, el reinado de violencia de Jaimito terminó igual que había empezado: de repente. Pero no terminó, por supuesto, como consecuencia de aquellas palabras que sólo yo había escuchado: terminó porque de pronto me di cuenta, porque de pronto nos dimos todos cuenta, de que Jaimito pensaba que nosotros éramos los diferentes.

Viendo en la tele de mi padre el Nigeria contra Grecia del mundial de 1994, el más pequeño que había entre nosotros se levantó exigiendo que el árbitro marcara penalti a Nigeria y Jaimito, completamente fuera de sí, saltó también de su asiento, caminó al lugar donde aún gritaba nuestro amigo: *¡penalti... ha sido penalti!*, y le enterró en una pierna el bolígrafo que había estado saltando entre sus dedos, al mismo tiempo que escupía: *¡si son negros... qué no ves que ellos son negros!*

La reacción de todos los demás de la pandilla condensó en uno los últimos trescientos sesenta y cinco días y condensó también, sin que pudiéramos entonces advertirlo, las horas que quedaban aún para nosotros: aquel instante fue el instante en que el reloj de sombra que marcaba nuestras vidas se quedó sin sombra de manera fulminante. Aquel fue pues el medio día de nuestras vidas.

¡Si son negros... cómo puede irle a Nigeria si son negros!, insistía Jaimito sacudiéndose en el suelo, con esa voz tan suya que más que ser la voz de un hombre era la voz de todo un coro, mientras nosotros, enardecidos y emocionados de haber enardecido, lo pateábamos y lo golpeábamos. No sé cuánto tiempo estuvimos castigando el cuerpo de Jaimito, lo que sé es que no paramos hasta hallarnos agotados.

Cuando finalmente nos sentamos —el Nigeria contra Grecia había acabado— Jaimito se levantó y nos miró a todos sonriendo: fue ahí cuando entendí, al ver sus ojos turbios y vacíos, no que él nos veía diferentes, como dije hace un momento que pensé en aquellos años, sino que él sabía que era el diferente. Jaimito era consciente de que él era el diferente y por eso estaba allí, maltrecho y magullado, sonriendo y suplicándonos perdón por lo que había hecho.

Horas después, cuando mi padre llegó a casa y se sentó a mirar los goles de aquel día en su tele, vio a Jaimito de reojo, sonrió quitándome el control de entre las manos y subiendo el volumen dijo, igual de enigmático que siempre: *si se pasan las gaviotas y se atascan de palomas, acaba rota la parvada, acaba todo en desbandada.*

Tras la primera paliza siguieron muchas otras: golpeamos y pateamos a Jaimito en el colegio, en el estacionamiento de la unidad donde vivíamos, en los billares a los que empezamos a ir cuando cumplimos trece años y en los que fingíamos ser mayores, en la farmacia en que comprábamos jarabes para la tos y ketamina, en el cine porno donde hicimos la primera carrerita eyaculante, en cien camiones, en el metro, en varias ferias y en todas nuestras casas.

Sin una sola excepción, Jaimito aguantaba las golpizas sin quejarse y se levantaba después maltrecho, magullado y humillado, sangrando algunas veces, babeando casi siempre y sudando pero sonriendo y suplicándonos perdón por lo que fuera que él hubiera o no hubiera hecho, por lo que fuera pues que hubiera motivado su castigo. A veces se paraba incluso riendo a carcajadas y listo para darnos a cado uno un fuerte abrazo.

Lo más extraño fue que aún a pesar de ser nosotros más y más violentos cada vez que lo atacábamos, la mirada de Jaimito empezó un día a iluminarse: cada vez que se paraba y nos veía, los ojos que posaba encima nuestro yacían un poco menos turbios y vacíos. Como si cada golpe lo volviera más consciente, como si cada golpe aclarara en su cabeza la certeza de que él era el diferente y al hacerlo aniquilara los resabios que quedaban del Jaimito que había sido antes de entender que era él el diferente.

Es en los ojos donde debe uno mirar para saber la resistencia que le queda a una bestia, escuché decir a un cazador de lobos en la tele, mientras veía mi padre su programa favorito: *en los ojos es donde evidencia un animal cuánto castigo está dispuesto a tolerar para dormir con la manada.* Seguramente fue de aquel programa, que veía a diario mi padre, de donde sacó él esa locura que me dijo de las aves.

Es a través de la mirada que la fidelidad es prometida, recordé días más tarde que también dijo el cazador de aquel programa: justo después de la paliza más violenta que le dimos a Jaimito, una golpiza que empezó en un camión y terminó en una fábrica vacía. Al ver que Jaimito no podía pararse y aún así seguía sonriendo me asaltó el recuerdo del cazador y de mi padre y comprendí que aquel niño no era nada más consciente de que él era el diferente sino también de que él no quería ser el diferente.

Jaimito sabía que era diferente y sabía también que no quería seguir siéndolo. Quería ser uno más entre nosotros y este anhelo, que lo hizo aguantar durante meses las palizas que le dimos, lo hizo levantarse en la fábrica vacía y también lo hizo, cuando cumplimos trece años, recuperar nuestro respeto por un tiempo. Pero no conforme con ser uno entre nosotros, igual que había hecho antes, quiso dar un paso más allá de lo que podía alejarse y empezó a imitarnos.

A veces copiaba Jaimito lo que hacía alguno de nosotros: si me compraba una pipa de agua, se compraba una pipa de agua; si Jorge robaba una navaja, se robaba él una navaja; si se ponía Arturo un tatuaje, se ponía Jaimito un tatuaje.

Otras veces remedaba las palabras o los modos que usaba alguno de nosotros: si Felipe decía *suave,* él decía *suave;* si acababa yo todas mis frases con un *quiubo,* acababa él sus frases de igual modo; si engordaba Juan la voz para decir los nombres de la gente, engordaba Jaimito la voz para lo mismo.

Empezó a vestirse como vestíamos nosotros —y no digo parecido sino idénticamente: la camiseta blanca de Jorge, los pantalones café de Mario, la gorra azul de Sergio, los tenis rojos de Óscar— y a imitar la forma que ensayaba alguno de nosotros al caminar, la postura que elegía otro al sentarse o la pose con que uno recargaba el cuerpo en el baldío al que íbamos entonces a matar bachas, gramos y caguamas.

Tras comprender lo que pasaba empezamos a jugar con los anhelos de Jaimito: si Sergio se rapaba la cabeza, decíamos: *¡qué bien se ve la gente así rapada!,* y Jaimito corría al peluquero. Si Jorge robaba algún estéreo o algún bolso olvidado en un auto, aseverábamos: *¡este cabrón sí tiene huevos!,* y Jaimito iba corriendo y daba un cristalazo. Si conseguía burlarle yo a mi padre su pistola, los amigos me aplaudían y Jaimito aparecía al día siguiente cargando la pistola de su padre.

En algún momento del año en que cumplimos los catorce, este juego, que un día había empezado a aburrirnos, dio un nuevo vuelco: ya que teníamos de mascota a un camaleón habría que ver a qué estaba dispuesto, descubrir pues hasta dónde era capaz de llegar Jaimito con tal de mantener entera su esperanza, con tal de creer que un día podría ser otra vez uno entre nosotros. Empezó así el reto "veamos qué puede hoy Jaimito".

Apuesto a que puede robarse una patrulla, dijo Arturo la primera vez en que jugamos "veamos qué puede hoy Jaimito". Cruzadas las apuestas, fuimos a las tortas El Recreo, donde sabíamos que comían dos policías, y Arturo dijo: *a que no se atreve nadie a chingarse esa patrulla y dejarla un par de cuadras más abajo.* Sin dudarlo ni un segundo, Jaimito se introdujo en la patrulla, la encendió y arrancó ante la mirada incrédula del par de policías.

Apuesto a que él puede prender fuego al baldío, soltó Felipe días más tarde, mientras andábamos pendientes aún de la patrulla. Fijadas las apuestas, Felipe nos reunió y aseveró, viendo a los ojos a Jaimito: *a que ninguno de nosotros tiene huevos para encender este terreno.* Horas más tarde ardía el baldío como tea y Jaimito nos veía a todos sonriendo, con sus ojos cálidos y llenos de esperanza.

De manera natural, como el hombre que deja de ser nómada para volverse sedentario, "veamos qué puede hoy Jaimito" evolucionó y dejó de dirigirse hacia las cosas para empezar a dirigirse hacia los cuerpos. Estaba claro que ante el mundo Jaimito se atrevía a lo que fuera, había que ver si era lo mismo ante sí mismo. *Apuesto a que se pone mi rostro en las espaldas,* soltó Mario y luego dijo ante Jaimito: *¡qué feliz sería si se tatuara alguien mi rostro!*

Apuesto a que se abre un tajo en la cabeza, dijo Sergio la mañana en que cumplí yo quince años y esa misma tarde, en el baldío que era todavía puras cenizas, festejando mi cumpleaños, soltó enfrente de Jaimito, dándole vueltas al martillo entre sus manos: *me encantaría no ser el único que tiene aquí la frente destrozada.*

No sé cuántas veces apostamos sobre el cuerpo de Jaimito, sé en cambio que este juego terminó también por aburrirnos y que, convencidos de que Jaimito era capaz de lo que fuera en las fronteras de su cuerpo, decidimos descubrir a qué estaba dispuesto más allá de estás fronteras: *apuesto a que se acaba un litro de aguardiente con un trago,* dije y esa noche, mientras veía mi padre un programa de serpientes nigerianas, le robé unas botellas de aguardiente.

Apuesto a que se mete un gramo en carrera, soltó Felipe al azotar Jaime la botella contra el suelo y estallar el vidrio en mil fragmentos, igual que estallaríamos más tarde nosotros, agrietados unos y otros más bien rotos. No acababa aún Jaimito de jalar los cinco gramos cuando Sergio, enardecido, aseveró: *apuesto a que esta noche abusa de un travesti.*

Media hora más tarde habíamos ya robado un viejo coche y circulábamos felices por las calles, viendo cómo ante nosotros se abrían Tlalpan y sus luces pero incapaces de observar el gran abismo que empezaba allí también a abrirse.

Con Jaimito y el travesti, reducido a la inconsciencia, encerrados en la cajuela, seguimos dando vueltas por las calles y así también: dando vueltas, nos tragó el enorme abismo. No debíamos detenernos hasta oír los cuatro golpes que dijimos a Jaimito: *vas a dar cuando termines.*

Pero los golpes no sonaban. Y la parvada empezó a inquietarse, igual que pasa con las aves cuando un hombre se acerca por la playa y su silueta arranca de la arena su hambre y sus miradas. Cada vez era más urgente que estallaran esos golpes en la lámina trasera.

Sin dejar de dar vueltas por la ciudad, hundiéndonos más y más en nuestro abismo esperamos en vano el estallido de los golpes. Al final amaneció sin que Jaimito o el travesti aporrearan la cajuela.

Apuesto que nos va a sonreír en cuanto abramos, dijo Sergio estacionando el coche y yo pensé, observando la banqueta como mira el muelle un marinero: nos va a clavar sus ojos ésos como fondo de cubeta.

Contemplando la cajuela, el viento de las horas más tempranas se coló en nuestros cuerpos y un escalofrío, cuyo origen era aún más remoto que el del aire, removió el plumaje que nacía en nuestras espaldas: entonces comprendimos que Jaimito nunca había sabido que era el diferente.

Y comprendimos, también, que no abriría ninguno la cajuela. En el lugar donde debían estar los dedos, regados de repente en el asfalto, se anunciaba el contorno de las alas.

Intercambiando miradas, sin ser capaces ni saber siquiera cómo acercarnos unos a otros, nos despedimos y escapamos de aquel sitio en desbandada. Para siempre.

Índice

La superficie más honda de Emiliano Monge
se terminó de imprimir en enero de 2017
en los talleres de
Litográfica Ingramex, S.A. de C.V.
Centeno 162-1, Col. Granjas Esmeralda, C.P. 09810
Ciudad de México.